Jean-François DOMINIAK

# L'inconnu de Sifnos

roman

Edition : BoD - Books on Demand
12/14 rond-point des Champs Elysées
75008 Paris
Imprimé par BoD – Books on Demand, Norderstedt
ISBN : 978-2-3221-0491-8
Dépôt légal : 04-2018

« La mer fut très belle vers les Caraïbes.
Mais je ne peux pas encore en parler. »

*Marguerite Duras - Le Marin de Gibraltar*

.

« Ce fut quand l'heure commença à sonner au
clocher qu'elle poussa le premier cri. »

*Simone de Beauvoir - Tous les hommes sont mortels*

## Chapitre 1 – Athènes

25°C à l'ombre dès 06h00 en ce matin du mois d'août à Athènes. Et pas le moindre souffle de vent. Comme tous les ans à pareille époque, la ville s'est vidée de ses habitants. Direction les îles pour la plupart d'entre eux, enfin ceux que la récession économique n'a pas encore trop touchés. Le port du Pirée est encore en effervescence. Touristes traînant leurs bagages au milieu des voitures qui attendent d'embarquer à bord des ferrys Highspeed ou non, camions remplis de marchandises, police du port assurant la fluidité de la circulation avec somme toute une belle réussite, chiens errants ignorant le sens des priorités.

Georgios finit son petit déjeuner à la terrasse du seul café installé sur les quais. Thé et croissants, vieille habitude qu'il a gardée du temps de ses études à Paris, il y a bien longtemps. Droit et histoire des religions. « Tu n'en feras rien de bon », lui disait sa mère qui préférait le voir dans la banque, ou bien les assurances. C'est pourtant au sein de la police judiciaire d'Athènes qu'il rentrera un peu plus tard, par la grâce d'un concours qui exigeait davantage de compétences en logique et une bonne plume, pour écrire les rapports, que de réelles notions en droit. Et la littérature et la logique, c'était plutôt son fort à Georgios, lui, le fan de Kundera et de parties d'échecs au jardin du Luxembourg.

Paris... un lointain passé d'il y a un peu plus de trente ans et qui l'a beaucoup marqué. La jeunesse, le temps des études, les amis pour refaire le monde ... et puis Anna. Mais aujourd'hui, Georgios est préoccupé et n'a pas la tête dans le passé. Direction Sifnos, par le premier bateau du matin, celui de 07h05, ce qui veut dire se lever à 05h00 et Georgios n'est pas un homme du matin, surtout quand il s'est couché tard la veille. Trempant son croissant dans son thé, Georgios refaisait le point sur la mission qui l'attendait.

Hier, Nicolas, le chef de la police d'Athènes, l'a convoqué "toutes affaires cessantes" en lui précisant de se préparer à partir dès le lendemain pour Sifnos par le premier bateau. Ce n'est pas son genre à Nicolas de "convoquer" ainsi son ami Georgios. Mais la "littérature de textos téléphoniques" n'est pas très propice à l'amabilité. Georgios n'en voulait pas à son ami car il comprenait que si Nicolas n'avait pas pu prendre le temps de l'appeler directement c'est que l'affaire était ardue, voire politique.

Georgios et Nicolas se connaissent depuis vingt-cinq ans, lorsqu'ils sont tous les deux entrés au service de la police centrale d'Athènes. Nicolas avait fait ses études de droit à l'université d'Athènes, puis avait passé deux ans à la Colombia University de New-York dans le département de criminologie. Très vite reconnu pour ses grandes capacités diplomatiques, Nicolas s'était vu confié des postes successifs d'administration de la police d'Athènes. « Il en faut des gens comme toi », lui disait de temps en temps pour rire Georgios qui savait bien quand même combien ce type de poste était effectivement indispensable à la réussite de leur travail commun. Nicolas était tout naturellement devenu au fur et à mesure du temps le chef de la police d'Athènes.

Georgios pour sa part "n'aimait pas les gens", comme il le disait souvent à ses très rares amis, plus par provocation d'ailleurs que par réalité. Ce qu'il recherchait avant tout dans la vie, c'était l'esthétique, ce sentiment non pas de participer mais de vivre des moments de beauté lumineuse. La beauté d'une œuvre d'art, d'un paysage, d'une femme, mais aussi d'une idée, d'un raisonnement, d'un savoir. Comprendre ce qu'il y a devant soi, le ressentir au plus profond de son être, en être ébloui et porté pour la suite. Confier une enquête à Georgios n'était pas sans risque "diplomatique", mais on pouvait être sûr que la vérité était au bout. C'est pour cela que Georgios occupait aujourd'hui un poste de commissaire hors cadre dans l'administration athénienne, "hors cadre" comme "hors de contrôle ... mais quand même".

Georgios et Nicolas avaient tout de suite sympathisé, du fait de leurs compétences professionnelles complémentaires, et aussi de leur amour commun pour la littérature et pour la rhétorique qui accompagne leurs débats, souvent seulement pour le plaisir de la rhétorique d'ailleurs.

« C'est un sacré bazar, enfin si j'ose utiliser le mot "sacré" pour cette affaire », dit Nicolas en retrouvant Georgios en fin d'après-midi dans leur taverne favorite de Plaka, "Tou Psaras", "mais je pense que tu vas aimer ».

Georgios se sent bien dans cet endroit à la fois désuet de par les photos de célébrités des années 50/60 accrochées sur les murs et qui se veulent rappeler la gloire d'antan de l'établissement, et de plus en plus noyé au milieu des tavernes pour touristes avec leur Sirtaki agaçant et obligatoire pour l'économie touristique. Georgios et Nicolas se sont installés à l'extérieur, sous les tamaris qui font ressortir la belle couleur ocre des murs de la taverne et ses fenêtres bordées de chaux rouge. Georgios y envoie volontiers ses connaissances françaises en "transit" à Athènes, comme elles disent, le temps d'une soirée avant de s'embarquer pour les îles le lendemain de leur arrivée. Le service est chaleureux, la nourriture excellente et le vin grec. Il arrive aussi à Georgios d'y venir seul, avec un bon bouquin. Il s'est plongé en ce moment dans Romain Gary, auteur qu'il découvre avec délectation.

« Un sacré bazar », reprend Nicolas après qu'ils eurent passé commande. « Je t'explique. Depuis tous temps, les religions et les philosophies principales du Monde ont maintenu entre elles des relations discrètes, voire secrètes. Comment en effet étendre son pouvoir sans connaître ses concurrents... Toute blague mise à part, il s'est toujours trouvé des êtres suffisamment intelligents pour estimer que leurs croyances ou leurs philosophies étaient limitées à leur contingence propre, et qu'il était bon de s'ouvrir aux autres pour enrichir leurs propres sagesses. Rappelle-toi Cordoue au 15ème siècle : juifs, musulmans et chrétiens cohabitaient, échangeaient, discutaient ensemble... jusqu'à ce qu'Isabelle la Catholique se sente suffisamment forte pour chasser hors d'Espagne tout ce qui n'était pas catholique. Et s'ensuivit la longue et sinistre période de l'Inquisition espagnole. Attali a très bien décrit cette époque dans sa Confrérie des Eveillés ».

Nicolas se sert un autre un verre d'ouzo. Georgios laisse son ami parler. Il sait que Nicolas a besoin de poser le décor avant de lui préciser sa mission. Et le décor est toujours très vaste avec Nicolas.

« Malgré les persécutions qui suivirent, certains intellectuels de ces religions ont continué à se rencontrer, convaincus de la nécessité de leur action pour tenter d'apaiser le Monde. Mais ils le firent de manière plus discrète, tout en élargissant leur réflexion au-delà des seules discussions théologiques à des aspects touchant la société et donc la politique. Dans le même temps, leurs cercles de réflexions se sont tout naturellement ouverts à d'autres religions, notamment d'Asie, puis plus tard aux loges maçonniques. Les premiers "think tank" en quelque sorte, qui sont devenus de plus en plus puissants auprès des dirigeants politiques. Et comme je ne suis pas loin de partager l'idée d'un vieil ami aujourd'hui disparu que "si le 20ème siècle a été le siècle du progrès industriel et de l'information, le 21ème siècle verra un renouveau des religions accompagné d'un risque d'obscurantisme préoccupant", je peux imaginer que ces cercles de réflexion sont très sollicités aujourd'hui. »

Les plats arrivent à table, portés sur de grands plateaux par deux serveurs en nage. Olives noires, purée de pois chiche à la mode de Santorin, aubergines farcies, brochettes de poulets, poulpe grillé, sans oublier les frites à la française. Le tout accompagné d'un vin blanc sec de la maison servi en carafe.

« En tout cas, l'un de ces cercles se réunit depuis trois jours chez nous en Grèce », reprend Nicolas. « Ils se sont plus précisément installés sur l'île de Sifnos que tu connais bien, dans les Cyclades, hébergés par l'Eglise orthodoxe grecque aux alentours

11

du monastère de Chrissopigi où ils tiennent leurs réunions. Quinze participants au total, hormis bien évidemment la petite dizaine d'assistants locaux, tous fournis par l'Eglise orthodoxe : trois personnalités des églises orthodoxe, catholique et protestante, deux autres des religions juive et musulmane, et enfin deux du bouddhisme et de la Grande Loge de France, soit sept personnes. Chacune d'elle est bien évidemment accompagnée d'un "aide de camp", comment les qualifier autrement, soit quatorze personnes, plus notre ami Andreas, que j'ai récemment invité à me rejoindre dans mon cabinet pour suivre les affaires diplomatiques qui deviennent ces derniers temps de plus en plus nombreuses et complexes. L'objet de leurs discussions : je l'ignore. Nous ne nous intéressons à eux, et à la demande de nos politiques, que pour assurer leur protection et faciliter leur logistique. »

Georgios avait approuvé le choix d'Andreas lorsque que Nicolas lui en avait parlé : il l'avait rencontré à Paris à l'époque de ses études et alors qu'Andreas suivait lui-même une formation de troisième cycle à Sciences Po. Brillant et raisonnablement ambitieux, il avait séduit Nicolas par son érudition et ses analyses de politique internationale lorsque Georgios les avait fait se rencontrer à Athènes il y a une dizaine d'années. Andreas voulait revenir au pays plutôt que de continuer à errer d'organismes internationaux en organismes internationaux où la Grèce n'était pas forcément la meilleure venue. Le poste proposé par Nicolas répondait à ses attentes.

« Il y a trois jours donc », enchaîne Nicolas, « tout ce beau monde débarque à Sifnos par le bateau du matin et s'installe à proximité du monastère de Chrissopigi dans des habitations appartenant à l'Eglise orthodoxe. L'endroit est magnifique, très propice à la réflexion et, pour nous, facile à sécuriser puisque sur une île accessible uniquement par bateau ou hélicoptère, et à l'écart de la petite ville principale, Appolonia. Hier matin, Andreas m'appelle au téléphone : un cantonnier du village de Faros tout proche de Chrissopigi a trouvé quelques heures auparavant sur un chemin le corps de l'aide de camp du représentant de l'Eglise Catholique : mort, victime vraisemblablement d'une chute. Il a le réflexe de prendre quelques photographies avec son téléphone portable avant de se rendre au poste de police de l'île. Andreas est aussitôt mis au courant et se déplace sur les lieux en compagnie du chef de la police de Sifnos, de ses adjoints et du cantonnier. Mais à leur grande stupeur à leur arrivée, le corps a disparu. Comme tu peux l'imaginer, il règne depuis ce matin-là une grande confusion sur place à laquelle Andreas ne peut pas faire face seul. C'est pourquoi je t'ai demandé de venir pour prendre en charge l'enquête judiciaire tandis qu'Andreas traitera des relations diplomatiques et médiatiques que tu peux deviner délicates.

Voilà, tu sais tout ».

## Chapitre 2 – le voyage à Sifnos

07h05 précises. La large porte du Highspeed 2 peint aux couleurs d'un grand opérateur téléphonique se referme derrière les derniers embarqués « last minute », comme d'habitude : un couple de touristes perdus, un camion essoufflé plein de marchandises pour les épiceries des îles, une camionnette remplie de presse et de paquets express arrivés la nuit même sur l'aéroport d'Athènes. C'est que la ligne Highspeed 2 est la première du matin : il ne faut pas la rater pour approvisionner en temps et en heure les trois îles des Cyclades de l'Ouest : Sérifos, Sifnos et Milos. Surtout en pleine saison touristique. Des touristes essentiellement grecs car ces îles ne sont pas encore très connues, mais avec quand même de plus en plus de français depuis quelques années.

Georgios connaît bien ces îles, enfin surtout Sérifos et Sifnos. Et c'est vraisemblablement pour cela que Nicolas n'a pas hésité à l'appeler à l'aide sur cette affaire. Pour l'heure, Georgios s'installe dans la classe "executive" du bateau muni du billet que lui a remis la veille au soir son ami. Il y dépose rapidement son bagage et gagne le pont arrière du bateau. Quitter le Pirée au petit matin est un spectacle dont il ne se lasse pas. La lumière du soleil encore rasant, la course contre la montre des ferrys qui veulent partir à l'heure coûte que coûte, les cargos qui attendent leur déchargement sous les portiques jaunes du port de commerce de plus en plus concurrencés par les portiques bleus des investisseurs asiatiques. Puis l'odeur salée de la mer et le mélange de l'écume blanche provoquée par la puissance des moteurs brassant le bleu des vagues.

La terre s'éloigne, là où Georgios arrive à y laisser le fardeau de Sénèque, lorsqu'il voyage dans les îles pour souffler un peu.

Sifnos. L'un des rares endroits, et peut-être le seul au monde, où Georgios se sente bien. L'île des poètes, de la gastronomie, des chemins muletiers. L'île qu'il a découverte il y a une bonne vingtaine d'années, par hasard, en y faisant escale à bord du Gibraltar, la goélette d'Anna. Sifnos, l'île où il s'est souvent rendu par la suite, pour y retrouver une paix intérieure perdue, inaccessible dans le quotidien de ses affaires policières à Athènes, même si ses séjours y étaient trop brefs. Sifnos, une île qu'il connaît de son intérieur à lui, mais pas forcément de l'intérieur des gens de l'île.

Sortie du Pirée. Le bateau accélère. Georgios regrette un peu ces vieux ferrys qui mettaient des heures et des heures pour se rendre dans les îles. On s'installait sur le pont avec un bon bouquin et le temps s'arrêtait jusqu'à la dernière ligne. Tout aussi manœuvrables dans les ports étroits des îles grâce à la dextérité de leurs capitaines, ils étaient bien plus robustes quand la mer était rude. Georgios se rappelle aussi cette année récente où les bateaux modernes ont été immobilisés pendant quelques jours par défaut de conformité de leurs équipements technologiques alors que ces bons vieux ferrys pouvaient naviguer sans l'aide de ces mêmes équipements. Certes, il fallait avoir du temps et parfois le cœur bien accroché. Mais quel plaisir comparé à l'air climatisé des Highspeed. Le progrès change les comportements humains. C'est peut-être mieux.

Georgios retourne à sa place et se plonge dans le dossier que lui a préparé rapidement Nicolas. La liste des participants au cercle de réflexion de Chrissopigi, leur photographie et leur biographie sommaire. Son attention se porte immédiatement sur Francesco Carmona, l'aide de camp « disparu » du cardinal argentin Roberto de la Sierra, représentant de l'Eglise catholique. Grand, fort, âgé d'une trentaine d'années tout au plus, il émanait de son regard un mélange d'intelligence résolue et de tristesse désabusée, comme deux masques opposés de la Comedia dell Arte qui se fondraient l'un dans l'autre pour donner vie à un être attirant sans que l'on sache pourquoi. « Le beau est toujours bizarre », songe alors Georgios qui ne peut s'empêcher de sombrer dans un sommeil léger, bercé par le ronronnement des machines du bateau après une trop courte nuit.

« Sérifos. Les passagers qui descendent à cette escale sont priés de regagner leurs véhicules ou d'attendre à la passerelle. Sérifos ». La voix du chef de bord réveille Georgios. Il s'étire paresseusement et décide d'aller prendre l'air sur le pont arrière du bateau pour assister à la manœuvre d'accostage.

Enfermé dans une rade très étroite, le port de Sérifos est un havre naturel pour les bateaux qui affrontent non seulement le gros temps en Méditerranée l'hiver mais également le Meltemi, ce vent du nord insidieux qui rend fou plus d'un touriste lorsqu'il souffle en continu l'été. Sérifos est une petite île, qui ne compte véritablement que deux gros villages : Livadi et son port, et Chora qui s'étale de la côte jusqu'au sommet d'un promontoire de quelques trois cents mètres d'altitude, appuyé tout contre une montagne de deux cents mètres son aînée.

Georgios y a déjà fait escale il y a bien longtemps, juste pour voir, en route pour Sifnos. Il en a gardé le souvenir d'un chemin ancien empierré magnifique, au-dessus de Chora, qui permettait dans les temps anciens de passer le col donnant accès au nord de l'île. Georgios avait emprunté ce col à pieds et s'était même rendu jusqu'au monastère de Taxiarhes à quelques heures de marche de Chora. Passant sur les hauteurs, il avait pu admirer l'un des plus beaux panoramas sur les îles Cyclades de l'Ouest : Kythnos, Milos et bien évidemment Sifnos.

La halte est aujourd'hui rapide, quelques minutes à peine et Georgios est préoccupé par ce qui l'attend à Sifnos. Mais il a le sentiment que le temps s'est immobilisé ici, à Sérifos, depuis sa lointaine visite. Pourquoi bougerait-il d'ailleurs, le temps, ici ? Quel besoin Sérifos aurait-elle de vouloir suivre le rythme du monde, si ce n'est peut-être pour répondre aux besoins alimentaires et technologiques éphémères des touristes qu'elle accueille bien volontiers le temps d'un été ? Même les voiliers sont toujours là, ancrés pour on ne sait jamais combien de temps à l'abri du vent. Georgios les observe plus attentivement au moment où le Highspeed largue ses amarres pour repartir en direction de Sifnos. L'un d'entre eux attire plus particulièrement son regard : une grande goélette de quinze mètres de long avec ses deux mâts et sa coque aussi bleue que la mer qui le transporte … une vraie goélette de course… mais surtout une goélette qu'il a bien connue il y a longtemps … une goélette qui se nomme "Gibraltar".

Le Gibraltar … le bateau d'Anna ! Georgios n'en revient pas. Et si elle était à bord, elle qu'il n'a pas revue depuis tant d'années et qui l'avait emmené à bord de sa goélette en compagnie de la « bande de Paris », comme ils aimaient tous ainsi se nommer, faire un tour des Cyclades le temps d'un été. Parce qu'il était grec, ils avaient décidé d'un commun accord que Georgios serait le « guide culturel » de l'expédition, même s'il découvrait comme eux les îles pour la première fois. Il s'était plié de bonne grâce à la volonté de ses amis et avait potassé dur la mythologie, l'histoire, l'économie, la géographie, enfin tout ce qui se rapportait aux Cyclades. A vrai dire, il l'avait fait surtout pour plaire à Anna dont il était tombé amoureux dès leur première rencontre.

C'était sur les marches d'un amphithéâtre bondé du Collège de France lors d'un cours dispensé par Michel Foucault. Brune, intelligente, belle, … la parisienne comme Georgios se les imaginait. Elle buvait les paroles du maître en prenant des notes. Lui avait du mal à suivre parfois du fait de son français encore trop approximatif. Il se demandait d'ailleurs ce qu'il faisait là et si il avait bien fait de suivre les conseils de son libraire de la rue Monsieur le Prince où un ami de sa mère lui avait prêté son appartement parisien le temps de ses études. Prenant alors son courage à deux mains, il avait fini par demander à cette belle brune quelques éclaircissements à la fin du cours, ce qu'elle fit de bonne grâce autour d'une bouteille de vin blanc au Café de Cluny de l'époque.

Georgios était ainsi entré dans le cercle des amis d'Anna, ceux qui allaient devenir plus tard la "bande de Paris" lorsqu'ils se retrouveraient de temps à autre pour des vacances ensemble.

Anna ne s'était jamais rendu compte de l'amour que Georgios lui portait. En tout cas, elle n'en laissait rien paraître. Elle s'était même mariée quelque temps plus tard avec un Lord anglais de quinze ans plus âgé qu'elle. « L'homme de ma vie », se plaisait-elle à dire en le présentant à ses amis. Pour tout un tas de bonnes raisons que Georgios devinait plutôt qu'elle ne lui en avait parlé, Anna avait en fait besoin de sécurité derrière ses allures de jeune femme décidée. Et Lord Barton, industriel qui avait fait fortune dans la grande distribution, lui apportait cette tranquillité en même temps qu'il était bel homme. Devenue Lady Barton, Anna passait le plus clair de son temps à organiser des réceptions pour les affaires de son mari, ou bien encore à "jouer les plantes vertes" dans les réceptions des autres comme elle le racontait avec une certaine lassitude dans la voix à Georgios, devenu son meilleur ami, lorsque l'un et l'autre se rencontrait au gré de leurs voyages entre la France et la Grèce, ou bien éprouvait le besoin d'une oreille accueillante au téléphone.

Lord Barton aussi s'était aperçu de cette lassitude

qu'Anna éprouvait, qu'elle avait "besoin d'air", que les contraintes sociales de sa vie de Lady ne lui allait pas, et que vraisemblablement son amour pour lui s'était émoussé au fur du temps pour ne devenir qu'une habitude tout d'abord confortable puis bien trop pesante. Alors il avait proposé à Anna de réaliser l'un de ses rêves : larguer les amarres et partir sur le Gibraltar. Après tout, Anna était devenue un bon marin depuis qu'elle profitait du moindre temps libre pour s'échapper en mer, et le Gibraltar était un bon bateau, taillé idéalement pour les grandes courses autour du monde. Question finances, il ferait le nécessaire pour qu'elle ne manque de rien. Il l'aimait trop, et ne voulait plus la rendre malheureuse lui avait-il expliqué. Ne sachant tout d'abord que dire, Anna avait fini par accepter : Lord Barton avait toujours été amoureux d'elle, elle le savait, et sa réussite professionnelle était le résultat d'une capacité d'analyse des situations et de décision hors pair. Au cas particulier, elle savait qu'il avait vu juste. Anna prit ainsi la mer quelques semaines plus tard, pour un tour du monde partant de Plymouth en direction du Golfe de Guinée.

C'était il y a maintenant une dizaine d'années, et ce fut la dernière fois que Georgios entendit sa voix au téléphone. Elle était surexcitée à l'idée de partir à l'aventure, de donner une nouvelle dimension à sa vie. « Vivre », lui avait-elle dit, « vivre, enfin ».

Depuis, il l'avait perdue de vue, comme si elle voulait tirer un grand trait sur son passé. La « bande de Paris » s'était aussi disloquée à cette époque. Georgios n'avait pu se résoudre à oublier Anna. Il restait toujours à l'écoute des nouvelles d'elle, nouvelles qu'il glanait de-ci-delà dans les médias, sur le web, ou bien encore par le bouche-à-oreille des vieilles connaissances de passage.

« Ainsi va la vie », soupira Georgios en repensant à cette époque tout en s'éloignant de Sérifos et en se promettant de prendre des nouvelles du Gibraltar dès qu'il le pourrait en arrivant à Sifnos, c'est-à-dire dans moins de trente minutes maintenant.

## Chapitre 3 – l'arrivée à Sifnos

12h30. Le Highspeed accoste à Kamarès, le port de Sifnos. « Pile à l'heure, comme d'habitude », pense Georgios qui aimerait de temps en temps montrer au reste du monde que la Grèce, son pays, n'est pas que nonchalance de carte postale … en tout cas en matière de navigation maritime entre les îles. Le débarquement prend un peu plus de temps qu'à Sérifos : Sifnos est une île plus attirante pour les vacanciers grecs ou étrangers, même si elle a fait le choix d'une vie plus calme, moins clinquante que Milos, Paros, Mykonos ou autre Santorin. Pas de boîtes de nuit à la mode, de jet-set en mal d'exhibitionnisme, si ce n'est les yachts de luxe amarrés au port de Kamarès, loin du bruit et de la fureur. Un savoir-vivre, une douceur des paysages, une histoire, la gentillesse de ses habitants, une gastronomie réputée, et surtout une vie tout au long de l'année qui ne se limite pas juste aux quelques mois de l'été et qui donne une véritable existence en propre à Sifnos.

Georgios avait découvert Sifnos lors du premier voyage avec la "bande de Paris" à bord du Gibraltar emmenée par Anna. Il avait eu un coup de foudre immédiat pour cette île, sans savoir véritablement comment l'expliquer. Et chaque fois qu'il y revenait depuis, le même sentiment de plénitude l'envahissait, sentiment qu'il n'éprouvait nulle part ailleurs ni avec qui que ce soit.

L'entrée dans la rade de Kamarès tout d'abord. Encadrée de montagnes, elle constituait un abri sûr pour la navigation. Les ferrys s'y déplaçaient de manière habile pour accoster au quai, ce qui n'était pas toujours très simple aux "heures de pointe" lorsque deux d'entre eux s'y donnaient par hasard rendez-vous en même temps qu'un cargo ou un navire-pétrolier venant ravitailler l'île.

L'arrivée à Kamarès ensuite, point d'entrée unique et bien trop étroit de Sifnos pour toute la circulation concentrée sur l'unique rue du port à sens unique alterné coincée entre les boutiques de souvenirs et de poteries, les bars et restaurants, et les agences de voyages. Loin de l'étouffer, lui le claustrophobe qu'une fenêtre fermée de salle de réunion rendait nerveux, Kamarès donnait à Georgios l'image d'un sas qu'il fallait savoir franchir entre deux mondes. D'un côté, la vie qu'il faut bien vivre au mieux, de l'autre la vie qu'il n'est besoin que de vivre. Et même si aujourd'hui le propos de son voyage n'était pas la sinécure, le sentiment d'entrer dans son sanctuaire paisible était bien présent. Il savait qu'il serait désormais à l'abri de toute malveillance durant son séjour, comme protégé par le prophète Ilias depuis son monastère, sept cents mètres plus haut.

D'habitude, Georgios descend tranquillement avec la foule et emprunte un bus pour rejoindre Appolonia, la capitale de l'île, d'où il peut ensuite sauter éventuellement dans un autre bus pour sa destination finale. La municipalité a mis en place un service de transport en commun remarquable. Crème et vert, les bus sont toujours à l'heure, toujours bondés en saison, et très rentables avec un système de vente de billets à bord unique au monde qui voit l'assistant du chauffeur se déplacer dans l'entremêlement des passagers dans le temps imparti d'une liaison entre deux points du réseau sans oublier aucun de ses clients.

Mais aujourd'hui Georgios ne prendra pas le bus qu'il aime tant. Andreas est venu l'accueillir sur le quai, accompagné du chef de la police de Sifnos. « Bonjour Georgios, as-tu fait bon voyage ? », lui dit Andreas en lui serrant la main. « Je te présente Yannis, le chef de la police de Sifnos. On te pose à l'hôtel Petali à Appolonia. J'ai pensé que ce serait plus central pour toi. Ça te va ? ».

Georgios a à peine le temps d'acquiescer qu'il se retrouve à bord de la voiture de la police locale. Le trajet dure une petite vingtaine de minutes jusqu'à Appolonia. Dès la sortie de Kamarès, la route grimpe en lacets jusqu'au centre de l'île, laissant la mer et le port en contrebas. Très vite, des cultures maraîchères en terrasses apparaissent, sculptant le paysage comme pour signifier qu'ici l'homme est venu s'installer en harmonie avec la nature aride de l'île. Dans un virage, les vestiges d'une porte en pierre bâtie vraisemblablement quelques trois ou cinq siècles avant Jésus-Christ pour résister aux envahisseurs qui voyaient en Sifnos un bel objet de convoitise pour leurs raids. Et puis l'arrivée à Appolonia, capitale de l'île qui recense un peu moins de trois mille habitants de manière continue à l'année.

« Je te laisse t'installer à ton hôtel et je passe dans une demi-heure pour y déjeuner avec toi », lui adresse

Andreas en laissant Georgios sur la petite place centrale. L'hôtel est en effet inaccessible par voiture comme bien souvent dans les Cyclades, et Georgios finit le chemin à pieds, ce qui n'est pas pour lui déplaire. Les marches empierrées se succèdent, grises au contour cerné de peinture blanche. Les rues étroites permettent de garder de l'ombre et un peu de fraîcheur, même en plein midi. Georgios repense toujours à ces clichés noir et blanc que Cartier-Bresson avait tirés ici à Sifnos au début des années 60. Pas grand-chose de changé en fait … si ce n'est la couleur évidemment.

L'hôtel Petali est confortable. Calme, aéré, idéal pour la réflexion dont va avoir besoin Georgios pour démêler cette affaire. Après s'être présenté à la réception, Georgios dépose sa valise dans sa chambre et s'installe sur la terrasse en bordure de la piscine. Il a envie de respirer le soleil de Sifnos. Enfin un peu de calme depuis hier soir, en attendant Andreas. Le paysage descend en pente douce vers le village de Kastro. Les champs sont jaunes de soleil, entourés de murs de pierres sèches et parsemés de figuiers et d'olivier bien verts. Au loin, le bleu de la mer. Et au-delà, l'île de Paros.

En ce milieu de journée, l'hôtel s'est vidé de ses résidents, essentiellement des vacanciers en cette période de l'année, qui ont rejoint les plages ou bien sont partis faire une promenade en mer ou sur les chemins réputés de l'île. Seule une femme portant une longue robe légère de coton blanc et un large chapeau tout aussi blanc est installée sur une chaise longue. Dans les soixante-dix ans, peut-être même quatre-vingt, et Française assurément, pense Georgios. Une de ces femmes que leur beauté passée n'a pas quitté, nonchalante et d'une grâce infinie, comme ces actrices de théâtre ou de cinéma qui triomphent du temps qui passe. Georgios remarque son regard étrange, immobile, comme perdu dans un lointain passé, si lointain.

Georgios n'a pas le temps de laisser son esprit d'investigation errer davantage car Andreas apparaît déjà à l'entrée de l'hôtel.

« Installons-nous ici, Andreas », lui dit Georgios, « et s'il te plaît, décontracte-toi un peu mon ami, sinon nous n'y arriverons jamais». Georgios hèle un serveur et commande deux Mythos bien fraîches : c'est un peu tôt, mais ça s'impose.

« Tu as raison Georgios », répond Andreas, « mais cette affaire n'est vraiment pas commune et j'ai toutes les autorités religieuses et spirituelles du monde sur le dos ».

« Vantard… dis-moi plutôt que tu as Nicolas sur le dos et que c'est lui qui se coltine le reste du monde ! », ironise Georgios, « … et ça ne me fera pas pleurer sur lui car je sais qu'il adore çà au fond. Nous avons passé la soirée ensemble hier dans Plaka pour qu'il me raconte ce qu'il sait de l'affaire et je l'ai senti tout excité sur le sujet. Alors tu respires, et tu me racontes. »

Andreas avait toujours aimé le ton direct de Georgios, comme celui d'un frère aîné qui ne se fait pas conter des histoires par un plus jeune. Il en avait besoin pour reprendre pied dans des situations obscures et Georgios s'y prêtait de bonne grâce, même si comme aujourd'hui il fallait un peu s'arranger avec la vérité lorsqu'il évoquait la relative décontraction de Nicolas dans cette affaire.

« Et bien voilà », enchaîne Andreas sans se faire prier davantage.

« Il y a quinze jours, Nicolas m'appelle et me donne rendez-vous un soir comme à son habitude dans une taverne dont il a le secret à Athènes. Il me parle d'un congrès de personnalités religieuses et philosophiques à Sifnos, des VIP dont il faut organiser discrètement la sécurité en accord avec eux, bien évidemment, et avec l'église orthodoxe grecque qui les héberge. La principale difficulté de la mission réside dans la discrétion requise : pas de déploiement de forces de l'ordre, pas de support d'Athènes, seulement moi et la police locale … et encore, seulement le chef de cette police locale. Faire comme s'il ne s'agissait que de couvrir, façon Renseignements Généraux à la française, la villégiature estivale d'une bande de copains, certes un peu importants, mais dont « on » ne voudrait pas qu'il leur arrive quoi que ce soit durant leur court séjour.

Je débarque donc ici il y a une petite semaine et je m'installe dans une petite villa de Chrissopigi. Je rencontre Yannis, qui t'a accueilli avec moi tout à l'heure à Kamarès, et nous mettons au point un « modus vivendi » entre nous : je serai pour nos visiteurs le représentant unique de la police grecque chargée de garantir leur tranquillité publique et Yannis veillera discrètement aux allers-et-venues de nos hôtes. Je reconnais les lieux avec Yannis, vérifie la logistique avec l'équipe du pope de Sifnos, me renseigne sur la vie politique locale, dresse la liste des étrangers résidents sur l'île et de leurs activités … bref, la routine habituelle qui me permet d'avoir un aperçu rapide mais néanmoins complet des risques logistiques et politiques locaux. »

Georgios sourit intérieurement.

« Je rencontre à leur arrivée chacune des personnalités », continue Andreas. « Elles sont au nombre de sept, représentants les églises orthodoxe, catholique et protestante, les religions juive et musulmane, les bouddhistes et la Grande Loge de France. Bien évidemment, elles sont toutes accompagnées d'un assistant, tu dirais un « aide de camp » et je serais d'accord avec toi sur ce qualificatif, ce qui porte le total des personnes à "couvrir" à quatorze. Parmi elles, Don Roberto de la Sierra, cardinal catholique, et son "aide de camp" Francesco Carmona. Tout se passe bien pendant trois jours. Levées à l'aube, nos personnalités se retrouvent dans l'une des salles communes du petit monastère de Chrissopigi, tu sais sur cette minuscule presqu'île rocheuse, tandis que leurs aides de camp organisent leur logistique et surtout leurs relations avec le monde extérieur par le moyen de communications satellitaires échappant totalement à notre surveillance. Pour répondre d'avance à ta question : non, je ne sais pas de quoi il s'agissait dans ces communications. Bref, pour revenir à l'organisation des journées de nos personnalités, ils restaient ensemble jusque vers 12h00, prenaient une collation toujours ensemble jusque vers 13h00, se reposaient dans les chambres spartiates du monastère jusque vers 16h00, reprenaient leurs discussions jusqu'à 19h00, dînaient encore ensemble jusqu'à 22h00, puis regagnaient leurs villas proches jusqu'au lendemain matin. Entre 22h00 et 06h00 du matin, je ne sais pas ce qu'ils faisaient, si ce n'est qu'ils rencontraient leurs "aides de camp" jusque vers environ minuit.

Voilà pour les personnalités. Maintenant les "aides de camp" ».

Andreas allume une cigarette dont il aspire avidement une bouffée, signe pour Georgios d'une réelle tension chez son ami.

« Comme je te l'ai dit, chacune des personnalités est venue avec son "aide de camp" qui s'occupe de tout pour elles », reprend Andreas. « Ils se sont tous installés dans les mêmes villas que leurs "patrons" si je peux les nommer ainsi. Je pense qu'ils passent leurs journées à traiter pour eux leurs mails et à assurer le contact avec leurs organisations à travers le monde. Par contre, aucune rencontre entre eux, ni aucune sortie des villas, si ce n'est celui qui a disparu, Francesco Carmona, l'aide de camp du cardinal Roberto de la Sierra qui se rendait tous les jours à Appolonia par le premier bus de passage à Chrissopigi à 09h00 pour y acheter la presse "papier" internationale. A croire que le Cardinal de la Sierra ne lit pas l'internet. Puis il montait à pied à Artemonas pour reprendre le bus de 11h00, histoire vraisemblablement de ne pas rester à ne rien faire à Appolonia. Je peux imaginer d'ailleurs qu'il ne devait pas passer très loin de ton hôtel ici. »

Un serveur de l'hôtel apporte une salade grecque et quelques olives commandées par Georgios dont l'appétit s'ouvre toujours après un voyage en mer, fût-il en Highspeed.

« Comme tu le vois », enchaîne Andreas, « nous avons mené une filature sérieuse mais sans vraiment apprendre quoi que ce soit, car il n'y avait rien à apprendre en fait. Tout a été très calme durant ces trois jours. Et puis hier, branle-bas de combat. Le cantonnier de Faros, le village proche de Chrissopigi, découvre le matin un corps en contre-bas du chemin pédestre qu'il construit entre Chrissopigi et Faros pour les touristes, sur les ruines de l'ancien embarcadère de minerais du début du siècle.

Il prend des photos avec son téléphone portable pour accréditer son témoignage et file au commissariat d'Appolonia pour y raconter son histoire. Aussitôt Yannis, que tu as rencontré ce matin, m'appelle et nous nous rendons ensemble, avec le cantonnier, sur les lieux. Et là, stupeur, le corps a disparu. Seuls les vêtements ensanglantés de Francesco Carmona que nous avons pu identifier grâce aux photographies du cantonnier sont bien repliés sur la plateforme de l'ancien embarcadère.

Voilà pour les faits. »

## Chapitre 4 – Chrissopigi

« Au-delà des simples faits, Andreas, quelle est ta première intuition ? », reprend Georgios pour briser le silence dans lequel son ami venait d'entrer après son récit, comme s'il lui fallait le secouer d'une torpeur indicible. « Un cadavre ne peut tout de même pas s'envoler, a fortiori en se débarrassant de tous ses vêtements », renchérit Georgios tout en notant dans le coin de sa tête que Nicolas ne lui avait pas relaté ce détail, preuve que l'affaire avait déjà pris un tournant politique qui obscurcissait la raison de ses amis.

« Je ne sais pas », lui répond Andreas, « je ne comprends pas. Tout ceci est bien trop irrationnel. La rencontre entre ces personnalités a été gardée secrète jusqu'au dernier moment. Il ne s'agit pas non plus, à ce que je sache, de personnalités connues. Au contraire, c'est leur discrétion même qui les a fait choisir par leurs hiérarchies spirituelles pour accomplir leur mission. La mission alors comme mobile du crime ? Peut-être, mais personne n'est au courant du fond de leurs échanges. Et puis, assassine-t-on souvent des membres d'une réflexion philosophique ? En tout cas, aucune revendication politique, aucun soupçon d'acte terroriste à l'encontre de cette rencontre n'a été relevé par aucune autorité ou Etat concerné que nous avons immédiatement interrogés par nos canaux discrets comme tu peux l'imaginer. Non, je ne crois pas à un mobile politique ou religieux.

Un crime ciblé à l'encontre de Francesco, ou du cardinal de la Sierra ? Une vengeance ou un avertissement mafieux ? Pourquoi pas. Mais alors pourquoi faire disparaître le corps après l'avoir dépouillé de ces vêtements laissés bien en évidence sur les lieux du crime ? Et pourquoi ici, sachant qu'un tel crime génèrerait bien évidemment un trouble incommensurable parmi la communauté religieuse et philosophique réunie ici, et bien au-delà ?

Quelle cible, quel message ce crime, et surtout cette disparition, signifient-ils ? Je ne sais pas, Georgios, je ne comprends pas.»

« Huuum, » se dit alors Georgios en allumant une cigarette. Autour d'eux, l'air est calme et la température atteint son niveau le plus extrême de la journée. La dame en blanc est toujours perdue dans ses rêves. La mer toujours aussi bleue.

« Emmène-moi sur les lieux, Andreas », dit Georgios, « les lieux ne trompent jamais ».

Andreas saisit son téléphone portable. Quelques minutes plus tard, Yannis apparaît à la porte de l'hôtel. Les trois hommes descendent les marches vers la route principale qui descend d'Artemonas. Arrivés au niveau du centre de soins qui sert de dispensaire et d'hôpital de premiers secours, ils embarquent dans la voiture de police qui les attendait. Direction Chrissopigi en prenant la route de Platis Gialos.

Beaucoup de touristes en cette saison, donc une circulation encore bien plus aléatoire que d'habitude. Les Athéniens viennent avec leurs voitures ou bien leurs motos et scooters. Les étrangers louent tout ce qui roule sur Sifnos. « Je passe prendre au passage l'un de nos hommes », dit Yannis, « juste cinq minutes, ça ne vous dérange pas, n'est-ce pas ». Une question qui n'attend pas de réponse bien évidemment et qui se traduit par un léger détour par le centre d'Appolonia. Confusion habituelle au carrefour central entre les bus, les voitures, les scooters touristiques. La voiture de Yannis s'engage vers la place de la mairie. Arrivée devant l'office de tourisme, Yannis freine brusquement pour éviter de justesse un touriste perdu dans une chute de scooter. L'asphalte est encore plus lisse que d'habitude du fait de la chaleur de ce mois d'août, mais peut-être moins que les pneus du scooter de location. Georgios saute du véhicule de Yannis pour porter secours au malheureux conducteur du scooter. « Et merde, » s'exclame celui-ci. « Ça va quand même ? » répond Georgios en français qui a tout de suite compris à qui il avait affaire. « Un peu rude je crois », répond le touriste français. Yannis apparaît alors avec l'un de ses policiers de l'ile. « Il va vous accompagner au centre de soins, çà vaut mieux », propose Georgios. « Comment vous appelez-vous ? » demande-t-il au touriste pour lui faire reprendre ses esprits. « Yves, et comme vous l'avez compris je suis français, » lui répond-il. « Bon courage. Vous verrez, on prend très bien soin de nos visiteurs à Sifnos », lui dit Georgios en évitant de justesse de lui serrer la main, ce qui aurait produit assurément un effet contraire à ce qu'il souhaitait après une chute pareille.

Le touriste français laissé dans de bonnes mains, Georgios, Andreas et Yannis reprennent tous les trois la route de Chrissopigi. La montée vers Exembela laisse découvrir une vue magnifique sur Appolonia, avec Artemonas plus au nord et le bleu de la mer tout autour. Puis la route plonge vers le sud de l'île. Au détour d'un virage, la ville forteresse de Kastro apparaît furtivement loin en contrebas tandis qu'à droite de la route un petit chemin pavé monte au monastère imposant de Saint François. Georgios avait apprécié son calme la dernière fois qu'il était venu respirer l'air apaisant de Sifnos … il y a bientôt trois ans. Il se souvient que lors de ce séjour il avait pris son courage à deux mains et avait grimpé tout là-haut au monastère de Profitis Ilias, le point culminant de l'île, avant de repasser par les ruines de la citadelle mycénienne d'Agios Andreas, puis de redescendre vers Faros où il logeait dans une pension sympathique. C'est au cours de cette descente qu'il avait découvert le monastère de Saint François et ses icônes rares.

Plus loin, la route laisse sur la gauche l'embranchement qui mène à Faros pour poursuivre vers Platis Gialos. Quelques kilomètres après, Yannis abandonne la route principale pour s'engager sur une route secondaire qui rejoint la mer.

Chrissopigi.

L'endroit est saisissant. Installé comme une pointe entre deux criques, le monastère de Chrissopigi apparaît d'un coup, blanc et bleu comme il se doit dans les Cyclades. Minuscule sur son éperon rocheux qui plonge dans la mer, il paraît à la fois affronter la nature et lui appartenir. Georgios se souvient d'un poème que Jean, un de ses amis français de la "bande

de Paris" poète à ses heures, avait composé alors
qu'ils voguaient tous sur le Gibraltar d'Anna.

*Chrissopigi phare blanc de la connaissance incertaine*
*Doute absolu dans cette mer millénaire*
*Tu résistes pourtant à ce présent et ses haines*
*Qui n'ont que faire de cet ultime repère*

*Quel est le secret de cette beauté absolue*
*Qui entoure le blanc de tes murs*
*Et qui nous fait croire que nous avons déjà lu*
*Ce qui a l'intérieur peut-être se murmure*

*Un beau et grand big bang vraisemblablement*
*Suivi d'un tas de compressions métamorphiques*
*Qui il y a bien plus que longtemps*
*Ont entassé des tranches ferreuses sur des tranches*
*ferriques*

*Sans oublier l'infinité des étoiles*
*Baignant dans un ciel si amer*
*Que pour jeter leurs voiles*
*Elles préfèrent le bleu de la mer*

Georgios avait beaucoup aimé la compagnie de
Jean sur le Gibraltar, même si sa misanthropie feinte
ne le rendait pas très accessible. Il s'était d'ailleurs
toujours demandé comment, et surtout pourquoi, il
faisait partie de la "bande", mais après tout cela
n'avait manifestement aucune importance, ni pour
Jean ni pour le reste de la "bande". Il était là, et la
« bande » avait besoin de lui sans savoir pourquoi.

En tout cas, la poésie de Jean revenait aujourd'hui dans la tête de Georgios, comme une prémonition enfouie dans le passé et qui faisait subrepticement surface.

Yannis arrête la voiture sur le terre-plein qui sert de parking face au monastère. Les trois hommes en descendent et se dirigent vers l'entrée du monastère fermé par une petite grille blanche simplement gardée depuis trois jours par un des agents de Yannis. « Désolé », lui dit-il en le saluant, « j'ai dû laisser Alexis à Appolonia avec un touriste français qui s'est accidenté en scooter tout à l'heure. Il viendra te relever avec le prochain bus ».

Passés la grille, les trois hommes sont accueillis par le diacre en charge d'assurer la logistique de la réunion des personnalités du séminaire. « Bonjour », dit-il à l'adresse d'Andréas accompagné de Yannis et Georgios. « Ils sont en conférence pour le reste de la journée et m'ont demandé de ne pas les déranger ». « Pas de problème », lui répond Andréas qui a déjà deviné les pensées de Georgios. « Nous les rencontrerons plus tard ».

Andréas sait en effet que Georgios veut avant tout s'imprégner des lieux. Il prend de côté Yannis et laisse Georgios faire le tour du monastère.

A gauche, quelques chambres d'apparence très spartiates. A droite, une cuisine, puis une grande salle dont les rideaux baissés laissent supposer que la réunion des personnalités s'y tient. La chapelle se trouve en face, de l'autre côté d'un petit pont de pierre qui enjambe un petit bras de mer. Georgios en fait le tour et se retrouve derrière, sur une esplanade flanquée d'oriflammes représentant les organisations des participants du séminaire "secret". « Une drôle de manière de passer inaperçus », pense Georgios. « Mais peut-être ont-ils besoin d'une certaine reconnaissance de leur appartenance, comme tout un chacun, après tout. Histoire de se raccrocher à un minimum de certitudes ». Au-delà de l'esplanade, quelques rochers en pente douce descendent vers un baptistère en pierre ceinturé d'une grille. Et tout autour, la mer, le bleu et les vagues.

Georgios s'assoit à même le sol, juste en bordure de la mer, le meltemi en pleine face. « L'endroit idéal pour perpétuer des siècles de réflexions philosophiques œcuméniques », se dit-il. « Mais pourquoi un crime alors, ici ? ».

« Emmène-moi à l'endroit où a été découvert le corps », demande Georgios à Andréas une fois revenu à l'entrée du monastère. « C'est par là-bas, en contrebas du chemin pédestre qui mène à Faros », lui indique Andréas. Les deux hommes empruntent alors la petite route asphaltée qui mène à la plage de Chrissopigi. Deux restaurants accueillent à toute heure les vacanciers sous les tamaris. Il n'y a jamais beaucoup de monde à Chrissopigi ce qui rend l'endroit bien plus paisible que les plages de Platis Gialos ou de Vathi. Quelques bateaux mouillent au large. Le soleil tape encore fort en ce début d'après-midi, mais Georgios a besoin de ressentir au plus vite l'atmosphère de ce qu'il ne peut pas pour l'instant appeler une « scène du crime ».

« Pourquoi un crime, ici », ne peut-il s'empêcher de se répéter sans cesse.

Au bout de la plage, un petit chemin monte à flanc de la côte. Depuis quelques semaines, la municipalité de Sifnos a entrepris d'aménager ce chemin traditionnel pour le rendre plus accessible aux touristes qui trouvent là une promenade agréable entre deux baignades, au plus grand bonheur des restaurateurs locaux. Le chemin a été aplani et les passages plus pentus ont été équipés de marches empierrées à l'ancienne. « Du bel ouvrage », se dit Georgios en amateur des randonnées pédestres dans les îles. Passée la petite grille qui permet de laisser les troupeaux de chèvres paître en liberté, le chemin s'élève vers une petite chapelle, blanche et bleue comme il se doit, qui domine les deux parties de l'anse : d'un côté Chrissopigi et son monastère qui s'avance dans la mer, de l'autre Faros et son petit port de pêche protégé du meltemi.

« Venir commettre un crime dans un endroit toujours aussi magnifique », se dit Georgios, « pourquoi ? ».

## Chapitre 5 – Faros

« Allons », dit Andreas, « c'est par là, au niveau de l'ancien embarcadère ».

Georgios connaît bien l'endroit. La crique de Faros est la seule de l'île en eaux profondes qui permet aux bateaux de fort tirant d'eau de venir accoster. C'est ce qui lui valut l'installation au début du 20$^{\text{ème}}$ siècle d'un embarcadère accueillant les bateaux "de vrac sec" qui venaient charger le minerai dont l'île regorgeait. Les mines se tarissant, l'embarcadère est tombé en ruines. Seuls restent les vestiges de la rampe d'accès empierrée par laquelle des wagonnets acheminaient le minerai depuis les camions stationnés sur les hauteurs vers les bateaux amarrés en contrebas, ainsi que ceux d'un bâtiment qui servait au contrôle des chargements. Le tout donne une atmosphère de splendeur industrielle passée, finalement assez lugubre, pense Georgios.

Arrivés à l'aplomb de l'embarcadère, une bétonnière de couleur verte barre le chemin. Au-delà, le chemin retrouve l'aspect originel que Georgios lui connaissait dans ses souvenirs. « C'est ici, sur l'esplanade en contrebas, à côté des ruines du bâtiment », indique Andreas. Les deux hommes descendent précautionneusement la pente. « Le cantonnier nous dit avoir trouvé le corps exactement ici », précise Andreas. « Il venait de prendre son service pour continuer d'empierrer le chemin là-haut, vers 06h30 du matin. Le corps était étendu là, tout ensanglanté. Il ne respirait plus et le cantonnier était convaincu qu'il était mort. Il a pris des photos que nous avons mises au dossier. Tiens les voici. Puis il est parti chercher la police et je suis moi-même arrivé sur les lieux avec Yannis vers 08h30, pour constater que le corps avait disparu. Mais fait étrange, tous ses habits étaient restés ici sur l'esplanade, bien repliés ».

Georgios inspecte. Impossible de trouver de quelconques traces de pas sur les rochers. Rien qui n'indique comment le corps a été retiré, ni s'il y avait une ou plusieurs personnes présentes sur les lieux entre 06h30 et 08h30 ce jour-là. Pour une fois, les lieux ne parlaient pas, ce qui ne manquait pas de rendre Georgios de plus en plus perplexe.

« Impossible de te dire si quelqu'un est passé entre 06h30 et 08h30 », poursuit Andreas en devançant la question de Georgios. « A cette heure-là, les vacanciers dorment encore et seul le cantonnier avait une raison de se trouver sur le chemin de Faros à Chrissopigi. Donc pas de témoins de quoi que ce soit. Et les pêcheurs étaient déjà rentrés au petit port de Faros où, après avoir débarqué leur pêche, ils reprisaient leurs filets ».

Georgios tourne encore une fois en rond sur l'esplanade du vieil embarcadère. « C'est bon », dit-il à Andreas, « je n'apprendrai plus rien ici. Va mettre tes oreilles auprès de nos hôtes de marque à Chrissopigi. Dis-leur que je viendrai les rencontrer dans la soirée, enfin surtout le cardinal de la Sierra. Quant à moi, je descends à Faros. Il y aura peut-être quelque chose à glaner. On se rappelle plus tard pour faire le point ».

Les deux hommes se séparent. Il est déjà 17h00, la bonne heure pour une Mythos dans un des petits restaurants de Faros, se dit Georgios qui retrouve le chemin au-delà de l'embarcadère dans l'état qu'il avait gardé de lui dans sa mémoire. Tortueux, à flanc de colline dominant la mer, libre de toute modernité. Bientôt le charme disparaîtra avec les travaux entrepris pour le rendre plus sûr pour les touristes, surtout avec l'éclairage prévu d'y être installé. Georgios imagine ce petit chemin bientôt tout illuminé, une sorte de petit Champs-Elysées à la Sifnos. Pourquoi pas après tout si l'économie locale y trouve son compte sans pour autant perdre son âme. Cette dernière réflexion rassure Georgios car il connaît l'esprit des habitants de Sifnos qui ont toujours su composer avec le tourisme … mais quand même.

Le chemin débouche sur la petite plage de Glyfa. Une large crique verdoyante s'étend à gauche, jusqu'à toucher le sable de la plage. Deux petits troupeaux de vaches et de chèvres paissent tranquillement à quelques mètres derrière les rabanes des touristes installés sous les rares tamaris de la plage. Georgios remarque une maison en construction dans la prairie qui lui semblait si rare lors de sa dernière venue sur l'île, il y a seulement deux ans. « Sifnos se transforme », se dit-il, « c'était fatal ».

Georgios longe la plage, traverse la partie du village lovée entre Glyfa et la plage principale de Faros qu'il traverse également rapidement. C'est l'heure où les grecs prennent leur repas de mi-journée, tandis que les touristes étrangers, français pour la plupart, profitent de la plage. Une aubaine pour les restaurateurs que ces habitudes alimentaires européennes décalées.

Georgios a un but précis. L'épicerie du village qui offre également à ses clients un endroit ombragé pour consommer ce qu'ils viennent d'acheter dans le magasin. Georgios avait sympathisé lors de sa première venue sur l'île avec son propriétaire, Kostas. C'était à l'époque d'Anna.

Kostas n'avait pas toujours été épicier. Dans une vie antérieure, il avait été cuisinier à bord des bateaux d'une grande compagnie maritime du nord de l'Europe qui desservait notamment l'Afrique équatoriale. A cette époque, l'aviation commerciale était encore peu développée et il existait des lignes régulières de bateaux qui offraient des cabines à de bons tarifs aux voyageurs qui possédaient un luxe suprême aux yeux d'aujourd'hui : le temps. Puis le temps lui-même a évolué après des siècles de quiétude. Il est devenu un outil de pouvoir et de richesse pour ceux qui savaient le "raccourcir". Etre dans plusieurs endroits au même moment par l'intermédiaire des télécommunications, voyager à neuf cents kilomètres à l'heure, voire même à "Mach2" sur de magnifiques avions comme ils disaient, grâce à l'aviation commerciale, boucler et déboucler simultanément des opérations financières génératrices de profits en moins d'une seconde, le temps était devenu une valeur marchande. Alors le transport maritime évolua lui-aussi et se recentra sur le transport de marchandises, de minerais, de pétrole, de gaz... Mais toujours avec des hommes à bord, et donc des cuisiniers pour les distraire de la monotonie des voyages, ou à tout le moins pour les nourrir.

Kostas avait donc vu évoluer son métier au fur et à mesure de ce satané temps. A la grande classe des services d'antan, où le capitaine des cargo mixtes se faisait un devoir, mais aussi un plaisir, d'inviter ses passagers à sa table, avait succédé une époque où la cuisine pour les équipages devenait davantage une activité de cantine. Kostas l'avait supporté jusqu'au moment où le capitalisme forcené l'avait emporté également sur la noblesse du service maritime et qu'il avait bien fallu se résoudre à ne servir que des rations quasi militaires à bord des bateaux. Le temps, encore lui, était alors venu pour Kostas de jeter l'ancre dans son port natal, Faros.

« Georgios, comment vas-tu mon ami ? », s'exclame Kostas en apercevant Georgios. « Assieds-toi, je t'offre une Mythos. Ça fait plaisir de te voir. Deux ans déjà, non ? ». Georgios n'est pas dupe. Il sait que Kostas sait pourquoi il est là. Mais ça lui fait plaisir quand même à Georgios de s'entendre interpeller par son nom. Et si Kostas était effectivement un véritable ami, après tout ?

« Moi aussi çà me fait plaisir de te retrouver, Kostas », répond Georgios. « Comment vont les affaires ? Tu ne souffres pas trop de la crise ? ». La conversation s'engage sur des sujets lointains. La crise, les affaires, la chasse en hiver lorsqu'il n'y a plus de touristes, les investisseurs athéniens qui ont décidé de construire des maisons en bordure de la plage de Glyfa, ces mêmes investisseurs que la crise a mis en faillite, la politique à Athènes tellement éloignée des préoccupations des îles, le service par moment aléatoire des compagnies maritimes vers le Pirée, le bonheur de la solitude insulaire, l'absence de compassion de l'Europe, le manque de télécommunications efficaces, les projets touristiques pharaoniques dans le sud de l'île, le poisson qui se fait plus rare en Méditerranée, les réserves d'eau potable à garantir sur l'île avec l'arrivée massive de touristes l'été, la météorologie et le changement climatique.

Une petite heure plus tard, entrecoupée de salutations aux pêcheurs locaux, Georgios aborde le sujet qui les taraude tous les deux. « Que sais-tu au sujet de cette disparation du prêtre catholique à Chrissopigi », finit par demander Georgios à Kostas. « As-tu remarqué quelque chose d'étrange qui me mette sur la voie ? ».

« Georgios, je t'aime bien », lui répond Kostas. « Tu peux donc me croire. Tout le monde est au courant bien évidemment de ce qui s'est passé là-haut sur l'embarcadère. Et dans les moindres détails comme tu peux l'imaginer. Mais personne n'a vu quoi que ce soit. Personne ne comprend. Un vrai mystère. Et je n'aimerais pas être à ta place, car je sais que les enjeux politiques sont d'importance dans cette affaire ».

Georgios sait que Kostas ne lui ment pas. Il sent même qu'il est encore plus bouleversé que lui par cette affaire qui concerne directement son propre village. « N'as-tu rien remarqué d'étrange dans les jours précédant cette disparition », demande-t-il à

Kostas comme si il essayait d'exorciser un tant soit peu l'angoisse qu'il sentait poindre en lui.

« Rien », lui répond Kostas, lapidaire.

Les deux hommes avalent une nouvelle Mythos en silence, perdus l'un comme l'autre dans leurs pensées. Au moment de se séparer, Kostas ajoute. « Au fait, j'ai vu le Gibraltar mouiller il y a deux jours ici. Tu te rappelles, n'est-ce pas, le bateau avec lequel vous êtes venus ici la première fois avec une bande d'amis et dont j'avais croisé la propriétaire, Anna je crois elle s'appelait, à Abidjan il y a bien des années quand j'étais encore dans la marine marchande. Une bien belle femme, chic, riche mais un peu triste derrière son attitude très affable. C'était au bar d'un grand hôtel où le capitaine de notre bateau nous avait invités à mi-étape de notre périple africain. Elle s'était jointe à nous et nous avait offert une tournée, pour passer le temps. Puis elle avait regagné son bateau, une superbe goélette bleue qu'on n'oublie pas. J'ai vu ce bateau il y a deux jours ici. Mais impossible de te dire si elle était à bord. L'équipage est venu faire un peu de ravitaillement puis ils sont partis le lendemain. Je ne sais pas vers où. »

L'évocation d'Anna par Kostas ramène une nouvelle fois Georgios à son premier voyage dans les Cyclades avec la « bande de Paris » sur le Gibraltar. Jean avait fait un poème sur Faros et son épicier de l'époque qui n'était pas encore Kostas.

*Faros ce n'est pas seulement*
*Un tout petit port de pêche*

*Au fond d'une crique toute bleue*
*Encadré de collines un peu rêches*

*Faros ce n'est pas seulement*
*La gentillesse un peu fraîche*
*De son épicier à chemise bleue*
*Qui sait aussi vendre des pêches*

*Faros ce n'est pas seulement,*
*Le petit chemin vers cette crèche*
*Où les popes sont heureux*
*Quand ils ont fini leurs prêches*

*Faros comment le dire autrement*
*C'est le lieu où tout empêche*
*De voir la vie sauf en bleu*
*De laisser son âme devenir sèche »*

Décidément, cette enquête ramenait Georgios de plus en plus au fond de lui-même.

**Chapitre 6 – Belote**

La fin d'après-midi approche lorsque Geogios prend congé de Kostas pour retourner à pieds à Chrissopigi par le petit chemin de Glyfa. En passant près des restaurants installés directement sur la plage, Georgios remarque un groupe de touristes français, et plus précisément celui d'entre eux qui s'était accidenté à Appolonia quelques heures plus tôt et que Georgios avait dirigé vers le centre de soins.

« Ça va ? », demande-t-il en s'adressant directement à Yves. « Oui, merci », lui répond Yves après avoir reconnu Georgios. « J'en suis quitte pour quelques points de suture et des brûlures superficielles qui vont m'empêcher de profiter pleinement des bains de mer, mais ça va. Çà aurait pu être bien pire. »

Yves est attablé avec 3 autres personnes : un autre homme et deux femmes. Georgios imagine qu'il s'agit de deux couples d'amis venus passer leurs vacances ensemble à Sifnos. Tous les quatre ont environ le même âge, la trentaine. Les femmes sont blondes et semblent très amoureuses de leurs partenaires masculins respectifs. Ils jouent ensemble aux cartes pour remettre un peu d'ambiance de vacances après les péripéties de la journée d'Yves.

La belote, reconnaît Georgios. Un jeu typiquement français inventé au début du $20^{ème}$ siècle et très en vogue dans les milieux populaires et paysans jusque vers les années 60. Comme tous les jeux de cartes, sa popularité a connu des hauts et des bas, mais il y a toujours eu des jeunes, étudiants ou snobs parisiens, pour les faire revivre, voir même relancer des modes. C'était le cas sur le Gibraltar avec la "bande de Paris", et Georgios avait pris goût à ce jeu.

Jouée à quatre, la belote se fait affronter deux équipes de deux joueurs disposés en diagonale autour d'une même table. La règle du jeu est simple, même si elle peut comporter des variantes pour professionnels avisés.

Il y a tout d'abord la donne : cinq cartes à chacun et on retourne la vingt-et-unième sur la table. Chacun à tour de rôle a alors l'occasion de "prendre" et la couleur prise sera l'atout. Si personne ne prend, on fait un deuxième tour durant lequel chacun peut "prendre" et choisir alors la couleur d'atout qui lui convient. Si personne n'en veut, alors on redistribue les cartes.

Le but de l'équipe qui "prend" est de réaliser plus de quatre-vingt-deux points dans la main qui va s'ouvrir pour réaliser son "contrat". Malheur à elle si elle perd, car elle perdra alors un nombre considérable de points.

Le reste des cartes est ensuite distribué et la partie s'engage : on est toujours obligé de fournir la couleur demandée sinon il faut obligatoirement couper avec de l'atout, si on en dispose ; cette dernière obligation de couper cesse si le partenaire est "maître" de la main, et on peut alors jouer n'importe quoi ; si on doit jouer de l'atout, alors il faut toujours surcouper avec une figure supérieure au dernier atout joué au cours de la main, et même si son partenaire est maître.

L'ordre des cartes est pour sa part atypique et perd toujours les joueurs novices. As, dix, roi, dame, valet, neuf, huit, sept : tel est l'ordre principal. Mais à l'atout, le valet suivi du neuf repassent en tête devant l'as et le dix.

Enfin, le décompte des points est tout un art qui en perd plus d'un, surtout si on prend en compte les annonces.

Ce qui fascinait le plus Georgios dans la belote, c'était la beauté de son côté absurde. Le hasard n'intervient en effet pratiquement pas dans la belote, ou en tout cas seulement à deux moments précis : dans le choix initial des partenaires pour constituer les équipes et dans la donne. En effet, une fois les cartes distribuées, et en imaginant qu'il n'y ait que des experts de la belote autour de la table, les jeux sont pour ainsi dire faits : il ne peut y avoir qu'une seule façon raisonnable de jouer, qu'une seule équipe gagnante. Dès lors, l'issue du jeu réside dans l'erreur humaine : une mauvaise entame, un mauvais appel, un manque de concentration sur le nombre d'atouts déjà tombés. Mais jamais dans la donne initiale.

La belote est donc un jeu où l'absurde devient palpable. Mieux, la belote est un jeu où l'absurde en fait la beauté. Si la distribution des cartes entre les joueurs pose avec elle le cadre de la destinée de la partie qui s'ouvre, c'est l'erreur humaine qui fabrique sa réalité et son résultat final. Comme dans la vie, la réalité d'une partie de belote n'est donc que le fruit d'erreurs humaines plus ou moins maîtrisées, loin de toute logique. Mais cette réalité n'en est pas moins vraie, pas moins belle ni moins intéressante à vivre. Sans compter le rôle des coïncidences qui font qu'une partie se gagne aisément parce que toutes les bonnes cartes se trouvent dans les mains des partenaires sans que l'on sache pourquoi. Absurde donc une partie de belote ? Oui, et alors. « Une belle métaphore de la vie », pensait Georgios.

Sur ces pensées, Georgios poursuit son chemin. Il traverse rapidement le petit village et redescend sur la plage de Glyfa pour reprendre le chemin pédestre vers Chrissopigi. En arrivant par là tout à l'heure, Georgios n'avait pas remarqué une petite grotte, au ras de l'eau en contrebas du chemin. Un homme un peu hirsute y est assis sur un lit pliant. Il donne l'impression de s'y être installé depuis plusieurs jours et de ne pas avoir l'air d'être grec. « Je dirais qu'il est anglais », se dit Georgios un peu intrigué. « Il faut que je demande à Yannis si l'un de ses hommes s'est intéressé à ce témoin potentiel. Là où il est, si mon intuition ne me trompe pas, il a certainement dû voir quelque chose, pour autant qu'il ait été là, et en état de voir bien évidemment ».

Pour le moment, Georgios est concentré sur l'entretien qu'il compte avoir d'ici peu avec « Monseigneur » Roberto de la Sierra, le cardinal dépêché par l'Eglise catholique pour ce séminaire discret, et qui était jusqu'à hier matin assisté de Francesco Carmona dont le corps a disparu sur l'ancien embarcadère minéralier de Faros. Georgios est aussi concentré, il faut bien l'avouer, sur ce chemin tortueux en passe de devenir une promenade aisée pour touristes choyés lorsque la bétonnière verte et ses aides cantonniers auront terminé leur office.

« Monseigneur » Roberto de la Sierra. Quatre-vingt-un ans, se remémore Georgios des notes qu'il a lues dans le bateau ce matin. Un proche du nouveau Pape récemment élu. Pas très influent dans la Curie romaine, mais assurément essentiel dans les réflexions géo-politiques de l'évêque de Rome.

Georgios passe à nouveau à côté de l'ancien embarcadère minéralier. La bétonnière verte est toujours là, évidemment, qui barre le passage, prête à avaler le reste du chemin pour le rendre propice à la civilisation. Du sable, de l'eau, quelques pierres plates, et une bétonnière, qui tourne comme la Terre autour de son axe incliné avec comme seul soleil moteur de son existence, la nécessité économique d'attirer davantage de touristes. Mais elle est de couleur verte cette bétonnière, c'est toujours çà.

Vingt minutes plus tard, Georgios se trouve à nouveau à l'entrée du monastère de Chrissopigi à l'instant même où les membres du groupe de réflexion se séparent pour rejoindre comme chaque soir leur villégiature. Andréas est avec eux et profite de cette coïncidence pour leur présenter Georgios.

« Monseigneur de la Sierra », interroge Georgios, « pourrais-je m'entretenir avec vous dès maintenant ? ». « J'allais vous en prier », lui répond-il dans un grec parfait. « Que diriez-vous d'une Mythos dans l'une des tavernes de la plage ? », poursuit-il sur un ton plus complice. « Mes collègues font preuve d'une frugalité, certes exemplaire et qui sied à la bonne tenue de nos réflexions, mais l'esprit, en tout cas le mien, a besoin également de quelques bulles de houblons pour élargir son champ d'action. Le vôtre également j'imagine, mon cher Georgios ? ». Sans attendre sa réponse, le cardinal empoigne le bras de Georgios et l'emmène, accompagné d'un des gardes du corps dont Andréas a doté chacune des personnalités depuis l'événement de la veille.

« J'ai toujours aimé cet endroit », entame le cardinal une fois éloigné de ses collègues. « Cela, vous étonne n'est-ce pas, que je le connaisse. Car bien évidemment, vous savez tout de moi depuis hier grâce à vos dossiers. Mais ces dossiers ne font pas mention de ma vieille amitié avec l'actuel Pope de Sifnos. Ni de mes fréquents voyages ici, il y a bien longtemps. Ni des premiers séminaires que nous y organisions déjà entre hommes de 'bonne volonté' … ».

Georgios aime bien la façon dont le cardinal l'entreprend. Chaleureux malgré les soucis qui le submergent, et la disparition de son aide de camp n'en est pas l'un des moindres. Étrange toutefois cette décontraction apparente. Mais soit, peut-être est-ce la vertu de ces hauts dignitaires d'églises qui en ont vu bien d'autres. Et puis le fait qu'il soit un connaisseur de Sifnos, manifestement ami du clergé local, ajoute au trouble de Georgios tout en le rendant sympathique. Une personnalité complexe, mais attachante, dont il faut assurément toutefois se méfier.

Les deux hommes, suivis de pas si loin par leur garde du corps, arrivent sur la plage de Chrissopigi et s'installent à la première taverne en bordure de la mer. Le soleil disparaît doucement à cette heure derrière la colline, laissant la mer se rafraîchir. Le monastère s'illumine des derniers rayons de soleil. Le calme se pose sur l'endroit.

« Installons-nous ici », décide le cardinal, « et commandons nos Mythos bien méritées pour la journée ». Aussitôt dit, aussitôt fait, le service sachant à qui ils ont à faire. « Vous avez besoin de savoir comment j'ai rencontré Francesco et ce que nous avons fait ces derniers jours », enchaîne-t-il sans laisser à Georgios le temps de poser ses questions, plus dans un but de sympathie que de vouloir masquer les choses pense Georgios.

« Et bien voilà. J'ai rencontré Francesco pour la première fois il y a maintenant une bonne vingtaine d'années. C'était à Buenos Aires. Recommandé par les frères du monastère d'Assise, Francesco était venu à ma rencontre alors qu'il parcourait le monde. Il avait passé à Assise une dizaine d'années au sein de la congrégation qui l'avait accueilli et qui avait apprécié son dévouement à la communauté, mais aussi sa connaissance de l'histoire, notamment celle de Saint François, comme si celle-ci faisait partie de sa culture proche, comme si il l'avait côtoyé ou à tout le moins avait vécu à peu d'intervalle de lui, comme quand on absorbe soi-même dans son être le temps et les événements qui précédent notre naissance de quelques dizaines d'années.

Francesco était arrivé à Assise un soir d'automne, épuisé par une longue route qu'il avait dit avoir faite à pieds depuis très loin. Il était venu sciemment au monastère pour essayer de retrouver une paix intérieure après des années d'errance, disait-il. Il paraissait sincère et les frères franciscains l'accueillirent, non sans mettre bien évidemment à l'épreuve cette sincérité. Il y resta dix années et cette sincérité ne se démentit pas.

Puis un jour, Francesco voulut reprendre la route, comme il l'avait fait maintes fois dans son passé, semblait-il. Les frères lui remirent alors des lettres d'introduction auprès de membres de la congrégation ou proches d'elle, pour qu'il en fasse bon usage le cas échéant. C'est ainsi que je le vis débarquer chez moi, un matin de septembre.

Il souhaitait passer quelque temps en Amérique latine, continent qu'il ne connaissait pas, et proposait ses services de secrétaire, ayant eu vent que je cherchais quelqu'un pour ce poste qui ne soit pas un ecclésiastique. Très vite, nous sympathisâmes. Sa culture et sa connaissance de l'histoire était effectivement impressionnante. Certains faits historiques mystérieux devenaient limpides lorsque nous en discutions. J'étais, je l'avoue, séduit. Il travailla pour moi pendant une dizaine d'années puis, à nouveau, comme si ce cycle de dix ans était pour lui une habitude, il voulut « reprendre la route » comme il disait. Je n'avais aucune raison de l'obliger à rester, trop amoureux moi-même, je le confesse, de la liberté de l'Homme.

Il partit donc et je n'eus plus de nouvelles de lui, jusqu'à il y a six mois. »

## Chapitre 7 – Francesco

Le soleil tourne définitivement la page de la journée derrière les collines de Chrissopigi. Georgios et le cardinal se laissent envahir malgré eux par cet instant unique qui laisse découvrir le monastère de Chrissopigi dans toute sa simplicité. La Mythos n'en est que plus grande.

« Georgios », reprend le cardinal, « je me suis également renseigné sur vous comme vous pouvez l'imaginer. Mon intuition sur vous est bonne, et de toute façon je n'ai pas le choix. Nous devons élucider ensemble ce pourquoi vous êtes ici aujourd'hui car l'enjeu est de taille. Alors ce que je vais vous dire maintenant est essentiel. Mais cela restera entre nous. »

Georgios commande deux autres Mythos, quelques fèves de Santorin et des calamars frits qu'il avait repérés en arrivant dans la taverne. La révélation de secrets l'avait toujours mis en appétit, et de toute façon il avait une petite faim à calmer.

« Il y a près d'un an donc, François nouvellement élu me demande de le retrouver à Rome. Nous nous connaissons depuis longtemps comme vous le savez et nous partageons les mêmes idées quant à l'importance du dialogue que nous nous devons d'entretenir entre religions et courants de pensée du Monde. Il sait que je n'ai cessé de maintenir, discrètement, mes contacts en ce sens en dépit de l'arrogance d'une certaine Curie romaine trop heureuse de pouvoir enfin marquer des points face aux autres religions après son action déterminante dans la chute du communisme en URSS. Il comprend qu'après cette période d'euphorie catholique, le capitalisme ne trouve plus de résistance nulle part au monde et met en œuvre depuis une économie de marché mondialisée qui joue sur les différentiels de niveau de vie des pays pour accroître les profits des plus riches. Il comprend également que le chômage ne peut alors qu'envahir les pays où les coûts sociaux sont les plus élevés, poussant les mêmes capitalistes à délocaliser davantage leurs unités de production pour préserver leurs dividendes. Il comprend aussi que la spirale "chômage / baisse du pouvoir d'achat / 'low cost attitude' / délocalisations / chômage" est engagée et qu'elle ne peut déboucher que sur la montée des extrémismes, notamment religieux. Il comprend enfin que rien n'arrêtera le capitalisme lui-même dépassé, que l'argent a pris le pouvoir sur l'être humain au point que même les plus riches ne pensent plus qu'à faire prospérer leur argent dans l'unique but de le faire prospérer, sans s'interroger, par peur d'un avenir sans but. Il sait, et veut arrêter ce processus de destruction planétaire ».

Le visage bon enfant du cardinal se creuse. Son sourire bienveillant de tout à l'heure a disparu. Même sa Mythos semble lointaine.

« Alors François m'appelle », enchaîne le cardinal. « Il a besoin de conforter son analyse auprès d'un ami de toute confiance et de mettre en œuvre son plan : combattre les travers du capitalisme devenu la seule règle économique du Monde et remettre avant tout l'Homme au centre des préoccupations des puissants pour éviter la destruction inexorable du Monde, œuvre magistrale de Dieu.

Vous trouvez cela peut-être grandiloquent, mon cher Georgios, mais après tout peu importe, c'est bien le sort de l'Humanité qui est en jeu, voyez-vous.»

Georgios commande deux autres Mythos. Tous les deux en ont besoin.

« Vous comprenez maintenant, j'en suis sûr, Georgios, l'importance de ce séminaire que j'ai organisé ici à Chrissopigi avec l'aide du Pope de Sifnos. Car pour réussir un tel plan, il faut avant tout être sûr que les forces de la pensée humaine, celles qui comptent dans ce monde et qui peuvent avoir une influence sur les peuples, soient d'accord sur l'analyse. Lutter contre les dérives du capitalisme, contre sa "face obscure" comme on dit dans certains films, ne sera pas chose aisée. Et la voie est trop belle pour les extrémismes qui y trouveront des alliances de circonstance. J'exposais donc ainsi mes premières réflexions à François qui immédiatement, vous connaissez sa volonté d'aller vite de l'avant, me donne carte blanche pour réunir sur le sujet mes contacts des religions et philosophies du monde, avec pour objectif de revenir dans les six mois pour lui livrer le fruit de nos travaux. »

Le cardinal reprend son souffle.

« Organiser un tel séminaire n'est pas chose aisée et il me fallait quelqu'un de confiance pour m'aider. Quelqu'un bien évidemment éloigné de la Curie romaine, et même idéalement sans contact aucun avec la hiérarchie de notre église catholique. J'étais perplexe en sortant du bureau de François.

Il faisait beau en cette fin d'après-midi sur Rome, et je décidai alors d'aller errer dans les rues de la Ville à la recherche de l'inspiration comme je le fais souvent dans ce genre de situation qui nécessite distance et méditation avant l'action. En toute modestie, et sans vouloir le moins du monde me comparer à mes prédécesseurs devenus Saints Pères, je me remémorai ces deux films plein de finesse relatant l'errance de mes collègues dans Rome après leur nomination, "les Souliers de Saint Pierre" avec Anthony Quinn et plus récemment "Habemus Papam" avec Michel Piccoli. Le premier film surtout, qui était assez proche, dans le fond, de la situation que je rencontrai.

Perdu dans mes pensées, je traversai le Tibre sans m'en rendre compte. Je rejoignai la Piazza Navona en pensant au Caravage dont la vie mouvementée, notamment à Rome, a été si bien dépeinte par Dominique Fernandez dans son livre "La Course à l'Abîme". J'arrivai alors sur la place devant le Panthéon. Quelques touristes s'y faisaient prendre en photo, arborant un sourire de circonstance.

C'est alors que je l'aperçois, assis juste là, à la terrasse d'un café. Francesco. Le même visage, la même attitude, tel qu'il était dix ans auparavant lorsqu'il avait décidé de reprendre la route à Buenos Aires. Je m'avance. Il me reconnaît, nous tombons dans les bras l'un de l'autre et je comprends instantanément qu'il est l'homme de la situation pour me seconder dans ma mission.

Il me raconte sa curiosité retrouvée pour le monde après son séjour de dix ans passés à mon service à Buenos Aires, ses voyages en Amérique du Sud, la beauté époustouflante des canaux de Magellan, sa rencontre avec Francisco Coloane sur l'île de Chiloé, sa traversée de l'Atlantique pour rejoindre le golfe de Guinée, les navigateurs qui l'y croisaient, les cultures animistes et musulmanes de l'Afrique noire, les bibliothèques de Chinguetti, les chrétiens et les juifs d'Ethiopie, Zanzibar, la complexité mêlée de résignation des religions indiennes, l'hindouisme balinais au milieu du plus grand Etat musulman du monde, les aborigènes d'Australie, le rugby de Nouvelle-Zélande, le calme des parcs en plein centre de Tokyo, la Grande Muraille de Chine, le froid sibérien, l'Amérique profonde, New York, la rencontre des cultures Hip-Hop et Tlingit à Montréal, le foie gras de canard de Saint-Pierre et Miquelon, et son retour en Europe.

Francesco était donc bien l'homme qu'il me fallait : ouvert, éclectique, connaissant le monde et son histoire, et surtout libre de toute attache familiale ou culturelle.

Plus tard dans la soirée, attablé dans une trattoria proche de la piazza Farnèse, je lui explique ma mission et lui demande de m'accompagner dans cette aventure. J'avais pu par le passé tester sa loyauté et je savais ainsi que je ne prenais pas grand risque, qu'il ne divulguerait rien de mes intentions, quelle que soit sa réponse. Qui d'ailleurs aurait pu le croire ? Il me demande de finir notre dîner avant de me donner sa réponse. Les pâtes étaient succulentes, l'osso bucco qui suivait savoureux, quant au vin des Pouilles je le qualifierais de divin si j'osais.

Et c'est en sortant de la trattoria, sous le regard de la statue de Bruno Giordano au beau milieu du Campo dei Fiori, que Francesco me donne son accord pour m'accompagner. »

La lune se reflète maintenant dans la mer. Quelques rires un peu plus loin sur la plage. Les accords d'une guitare. Deux petits voiliers ancrés pour la nuit.

« Dès le lendemain, nous nous retrouvions au Vatican pour organiser notre affaire », reprend le cardinal. « Il me fallait renouer avec mes contacts, aller les rencontrer les uns après les autres chez eux, leur expliquer directement de vive voix car ce genre de réflexion ne peut pas s'échanger par téléphone. Francesco s'occupait de la logistique de nos voyages et m'accompagnait partout. J'avais besoin d'un second de confiance et de confidence. Paris, Londres, Dharamsala, Jérusalem, Djakarta, New York, Djeddah, Athènes. Nous n'avons pas arrêté pendant ces six derniers mois. Sans l'assistance méticuleuse de Francesco, nous n'aurions pas pu monter cette rencontre ici.

Il montrait une résistance à la fatigue et aux décalages horaires hors du commun. Il connaissait la plupart des langues des pays où nous nous rendions, ainsi que leur histoire sur le bout des doigts. Mais il savait dans le même temps rester à sa place, nouant à ma demande des contacts parallèles avec les proches des personnalités que je rencontrais. Plus surprenant, il connaissait le passé personnel de ces personnalités, pas comme quelqu'un qui s'est documenté à leur sujet, mais comme s'il avait rencontré personnellement certains de leurs ancêtres. J'étais intrigué, mais le fait est que nous constituions une équipe soudée et efficace pour remplir la mission que m'avait confiée François. Au bout du compte, nous avons réussi à convaincre nos interlocuteurs de la nécessité impérative de nous rencontrer. Non pas qu'ils fussent eux-mêmes réticents, bien au contraire. Mais il leur fallait également convaincre leurs propres hiérarchies, sans quoi nos discussions auraient été stériles. Et les plus difficiles ne furent certes pas celles auxquelles on aurait pu penser ».

Deux autres Mythos accompagnées d'une friture du jour accostent la table des deux hommes. Il fait bon ce soir.

« Puis il a fallu organiser le séminaire lui-même », enchaîne le cardinal en s'essuyant les lèvres d'un revers de manche. « J'ai tout de suite pensé à Chrissopigi, et vous savez pourquoi, mon cher Georgios, maintenant que je vous y ai dit mon attachement. Entre ciel, terre et mer, facile à sécuriser, difficile d'accès pour la presse, et plein d'amis pour m'épauler le cas échéant. J'y ai donc envoyé Francesco le mois dernier pour un premier repérage. Il en est revenu à la fois enthousiaste et troublé. C'est la première fois que je le voyais ainsi, perdu de temps en temps dans ses pensées, songeur. Mais l'importance de la mission, et sa réalisation proche, nous ramenait tous les deux à la réalité.

Il était temps maintenant d'en accomplir le dernier acte et de rassembler ici, à Chrissopigi, l'essentiel de la réflexion humaine pour lutter contre le mal absolu de la déviance du capitalisme. »

## Chapitre 8 – Artemonas

Le regard du cardinal n'est plus le même que tout à l'heure. Enfiévré, tendu à l'extrême, presque hagard. Georgios comprend qu'il n'en tirera rien de plus ce soir, que revenir sur la disparition de Francesco à ce stade de la discussion n'apportera rien. Le cardinal est ailleurs, comme transcendé par sa mission quoi qu'il arrive. « Le pouvoir a ceci de déraisonnable qu'il emporte ceux qui l'approchent dans un autre monde, loin … », se dit-il.

Georgios propose alors au cardinal de le revoir le lendemain pour poursuivre leur entretien. Il fait signe à leur garde du corps de s'approcher et de les raccompagner au monastère où Andreas doit les attendre depuis belle lurette maintenant. Le cardinal est ailleurs, comme hébété. La conversation l'a pris de travers, lui qui paraissait si maître de lui jusqu'à présent. Les deux hommes se lèvent et suivent leur garde du corps jusqu'au monastère. Il fait nuit, mais la lune éclaire les quelques centaines de mètres qui les séparent du monastère. La marche est silencieuse. Le cardinal semble fourbu. Arrivés au parking face au monastère où les attend Andreas, le cardinal salue Georgios. « Merci pour cette conversation, mon cher Georgios. Nous la reprendrons demain, si vous le voulez bien, car je suis fatigué ce soir », dit-il comme pour reprendre la main sur Georgios.

Accompagné de son garde du corps, le cardinal regagne son habitation, tandis que Georgios rejoint Andreas. « Tu en as mis du temps », dit Andreas à

Georgios. « Je te ramène à Appolonia, j'imagine ». Sans attendre la réponse de Georgios, Andreas se dirige vers sa voiture et les deux hommes reprennent la route vers la capitale de l'île. Andreas sent bien que son ami est en pleine cogitation et que lui non plus n'en tirera rien de bon ce soir. « L'intuition a ceci de déraisonnable qu'elle emporte ceux qui l'approchent dans un autre monde, loin... », se dit-il.

La voiture traverse Exembela et débouche sur la hauteur qui surplombe Appolonia. La vue sur la petite ville toute éclairée de multiples lumières sort Georgios de sa torpeur. « Comment se portent nos personnalités ? », demande-il à Andreas. « Tout ceci doit quand même les bouleverser un peu, non? ».

« Et bien, pas du tout », répond Andreas, « en tout cas en apparence. Ils n'ont rien changé à leur programme de travail. Et de ce que je sais de mes indicateurs, ils n'ont rien changé non plus à la façon d'organiser leur vie en dehors des séances de travail. Nicolas m'a dit qu'il avait reçu tout un tas de coup de téléphone de leurs propres organisations qui lui ont réaffirmé leur confiance pour résoudre le mystère et que depuis c'était le silence radio. Sur l'île, la nouvelle ne s'est pas ébruitée. Le cantonnier qui nous a avertis de sa découverte est un peu "simple". On l'aime bien ici parce qu'il sait faire des chemins de pierre avec sa bétonnière verte mais on n'apporte aucun crédit à ses dires quand il s'agit de choses sérieuses. Et j'ai pris soin, tu t'en doutes, d'en rajouter après sa visite au poste de police. Seuls donc sont au courant sur l'île les personnalités du séminaire et leurs aides de camp, le chef de la police qui a vu les photos du cantonnier, toi et moi. Bon je te laisse au carrefour. Je te connais trop pour savoir que tu as besoin de réfléchir seul. N'hésite pas à m'appeler si tu en as besoin. A demain. »

Georgios salue son ami et regagne son hôtel par les petites rues étroites et piétonnières d'Appolonia. La dame en blanc est toujours installée sur la terrasse. Immobile, un verre de whisky à la main. Georgios lui adresse un salut courtois. « Le temps qui passe », dit-elle en guise de réponse, « tellement beau et si inutile. » Et elle se replonge dans sa rêverie.

Pour le moment, Georgios a surtout faim. Ce ne sont pas les quelques mezzés qu'il a avalés avec le cardinal qui l'ont rassasié. La soirée est douce. Georgios décide donc de monter à pieds jusqu'à Artemonas, le village qui jouxte Appolonia au point d'en faire désormais partie intégrante. Les petites ruelles se déversent les unes dans les autres. Le blanc a tout envahi. Les murs des maisons et des églises, les toits, les joints entre les pierres des rues, les chemises des touristes. Les habitants sont attablés à de petites tables en fer bleu ou vert, et discutent entre eux. C'est l'heure de l'ouzo, celle où on en profite pour se raconter entre voisins et amis les nouvelles de la journée. A mesure que l'on monte vers Artemonas, le calme et le silence réapparaissent. Les maisons deviennent plus cossues. Artemonas a toujours été le refuge d'une certaine bourgeoisie de l'île. Il y fait bon vivre au milieu des bougainvillées roses. Georgios se remémore encore son voyage ici avec la "bande de

Paris". Jean avait composé un petit sonnet trafiqué à sa manière sur Artemonas.

*Artemonas*
*Le coeur aride et grandiose de Sifnos*
*Dominant l'espace*
*Et dégustant ton ouzo avec Chronos*

*Respect pour le prophète Ilias*
*Perché plus haut au-dessus de la mer*
*Même si c'est bien difficile hélas*
*D'aller y respirer son air*

*Heureusement Artemonas*
*Tu n'es pas cette caricature*
*D'être présomptueux à la vue basse*

*La délicate verdure*
*De tes bougainvillés et plantes grasses*
*Pour toujours t'assure*

*De tenir ta place*

Jean avait bien raison en parlant de la difficulté d'aller respirer l'air du prophète Ilias. Avec ses presque sept cents mètres de hauteur, la balade au monastère installé au point culminant de l'île avait été rude, même à l'époque. Anna s'était bien amusée en le regardant s'essouffler dans la pente, alors qu'elle-même qui entretenait quotidiennement son corps en soulevant de la fonte n'en avait fait qu'une promenade de santé.

Tout à ses souvenirs, Georgios débouche sur la petite place centrale d'Artemonas. Les deux petits restaurants se remplissent mais Georgios arrive à y trouver quand même un endroit pour s'y poser. Il commande quelques beignets d'aubergines, des olives et bien sûr des calamars frits. Avec une Mini pour changer de la Mythos.

« Un corps qui disparaît, un cardinal débonnaire qui devient exalté en racontant sa mission confiée par son ami le Pape des catholiques, une bétonnière verte, un témoin simple d'esprit, des personnalités religieuses et philosophiques d'apparence insensibles aux événements qui viennent de les toucher de près », pense Georgios qui essaie de remettre de l'ordre dans tout cela.

« Quelque chose cloche. Soit l'objet des travaux dirigés par le cardinal est d'une telle importance et d'une telle urgence qu'il rend  ces personnalités hermétiques à leur entourage et à ce qui les touche, soit le cardinal en sait plus qu'il n'en dit et il a réussi à enfumer ses collègues. Mais avant tout, revenir aux faits, comprendre ce qui s'est passé sur cet embarcadère. Meurtre, suicide, accident ? Et ensuite, kidnapping du corps ? Dans quel but ? Et pourquoi alors laisser les vêtements de la victime bien pliés sur la plateforme de l'embarcadère ? Retrouver ce corps serait idéal. Peut-être au fond de l'eau en contrebas de l'embarcadère ? Interroger moi-même le cantonnier, me faire une idée. Et puis cet anglais bizarre, dans la grotte de Glyfa. Andreas a bien fait son boulot pour gérer politiquement et médiatiquement l'affaire, mais rien en ce qui concerne l'enquête. J'espère seulement qu'il n'est pas déjà trop tard. D'autant qu'il se fait des illusions sur le silence qu'il croit avoir réussi à instaurer autour de l'affaire si j'en crois mon ami Kostas de Faros. ». Georgios saisit son téléphone et demande à Andreas de le rejoindre le lendemain matin à Faros, vers 09h00. Il veut interroger lui-même le cantonnier et un témoin potentiel qu'il a repéré cet après-midi. « Et si tu pouvais également te renseigner sur les mouvements d'un bateau de plaisance, une goélette plus précisément, qui est resté à Faros il y a deux jours et qui était à Sérifos ce matin quand j'y suis passé. Il s'appelle le Gibraltar », dit-il avant de souhaiter une bonne nuit à son ami.

Plongé dans ses réflexions, son Ouzo et ses calamars frits, Georgios n'a pas remarqué qu'une certaine effervescence, même si le mot est un peu fort, s'est emparée tranquillement de la place. Quelques hommes robustes y ont installé de grandes enceintes acoustiques et font courir des fils électriques vers la rue étroite qui remonte vers le haut d'Artemonas. Une foule joyeuse commence à se rassembler sur la place et se dirige dans cette petite rue. Ils sont de tous âges, touristes et résidents de l'île mélangés. Et soudain, une explosion de musique techno suivie d'un slogan "Just Dance in the Street!". Georgios est fatigué par cette journée si longue. Il règle son addition mais va faire quand même lui aussi un tour dans la petite rue de trois mètres de large d'où vient la musique. Des centaines de personnes sont agglutinées devant une petite maison, dansant en rythme et buvant les bières distribuées gratuitement par la station de radio locale,

RadioDreams qui organise l'événement. Georgios traverse la marée humaine. Tous ont le sourire. L'espace de la rue ne suffit bientôt plus. La danse gagne les murs séparant les propriétés, puis les cours des maisons, et enfin les toits en terrasse eux-mêmes. Une transe généralisée, mais joyeuse et bon enfant. Georgios se laisse envahir par cette atmosphère. Il déambule, sourit aux jolies filles, respire l'instant. Les visages et les corps tournent autour de lui. Il fait maintenant partie de cette masse joyeuse. Il est serein, comme si sa misanthropie naturelle lui avait donné congé, juste pour un moment, ce moment. Et puis se rapprochant pas à pas du studio de la radio, il remarque sur une petite estrade dans la cour qui le jouxte la table de mixage du DJ. Un matériel énorme remplit de fiches, de jacks, de lumières. Le cœur de toute cette démesure acoustique d'où partent des torrents de sons et de rythmes. Derrière cette machinerie, un costaud s'agite en souplesse. Barbe grise, casque sur les oreilles, petites lunettes de presbyte confirmant sa cinquantaine, le sourire aux lèvres, manifestement satisfait du succès de son évènement musical. Georgios et l'homme croisent leurs regards. Ils se sourient. L'homme appuie aussitôt sur un bouton de sa table de mixage et sort de sa machinerie infernale "Behind Blue Eyes", un vieux tube des Who. La rue s'arrête de danser, ne sachant comment prendre ces premières mesures de guitare sèche de Pete sur la voix street de Roger, si différentes de ce que l'on entend maintenant, jusqu'à la descente de basse de John qui réveille les amoureux, les chœurs, et enfin le déchaînement de Keith qui libère le tout qui s'enflamme. Georgios et l'homme ne se sont pas quittés du regard. Ils se rapprochent l'un de l'autre tandis que la machinerie enchaîne sur "Won't Get Fooled Again" au plus grand bonheur de la rue, et tombent dans les bras l'un de l'autre.

« Jean, mon ami », dit Georgios.

## Chapitre 9 – Faros

07h00. Le réveil est difficile pour Georgios après cette longue journée de la veille et ses retrouvailles avec Jean, son ami poète à ses heures de la 'bande de Paris'. Ils n'avaient pas pu réellement se parler au milieu de la foule d'hier soir, d'autant que Jean était quand même aux commandes de sa machinerie. Ils étaient convenus de se revoir pour déjeuner ensemble le lendemain à Kastro vers 14h00.

Jean. Quel hasard de le retrouver là. Et le Gibraltar qui voguait dans les parages. Coïncidences ?

Pour le moment, Georgios émerge de son sommeil. Petit déjeuner sur la terrasse de l'hôtel avec le soleil au-dessus de Paros. Georgios engloutit ses croissants et son thé. Il n'a jamais aimé passer trop de temps à prendre son petit déjeuner. Une obligation alimentaire plus qu'un réel plaisir.

La femme en blanc est déjà sur la terrasse. Elle se retourne vers Georgios. « J'aimerais vous parler, monsieur », lui dit-elle. « Je sais pourquoi vous êtes ici et cela m'intrigue ». Son regard toujours aussi perdu et son sourire lumineux agissent sur Georgios comme une balise de détresse. Il n'a jamais su résister, même s'il se doit d'être sur sa réserve dans son enquête.

« Ce sera avec plaisir, madame », lui répond Georgios qui ne s'attendait pas à être interpellé ainsi. « Pourrions-nous nous rencontrer ce soir ici-même, disons vers 20h00 ? Je crains de devoir m'échapper très vite maintenant car on m'attend à Faros et ma

71

journée risque d'être fort longue ». « J'ai tout mon temps désormais savez-vous », lui répond la dame en blanc avant de repartir dans sa rêverie.

Georgios prend congé et se dirige vers l'arrêt de bus au carrefour central d'Appolonia. Ce carrefour est pour Georgios un condensé de la vie grecque. Deux rues étroites qui se coupent, aucune signalisation, des vacanciers mêlés aux habitants de l'île, des voitures, des motos, des scooters en tous sens. Un véritable sentiment d'anarchie joyeuse que tout le monde partage avec une certitude absolue : le bus passera à l'heure. Et à 08h15 précises, le bus passe.

A cette heure si matinale même pour les touristes étrangers, Georgios n'a pas de mal à trouver une place assise. Il se met du côté gauche, pour regarder de-ci de-là la mer. La montée vers Exambela, puis la descente vers le monastère de Vrissiani. Dans un virage, loin vers la mer, une vision furtive de Kastro. Georgios s'acquitte du prix de son billet, encaissé par l'aide du chauffeur qui se déplace de voyageur en voyageur tout au long du trajet. Georgios a toujours été admiratif de l'exploit réalisé par cet aide, notamment en période estivale où le bus est plein à craquer, qui arrive à assurer la recette dans le temps imparti du trajet, quel qu'il soit. Ce matin, le chauffeur est une jeune femme, lunettes de soleil sur le front, et musique rock'n'roll. Le vieux bus crème et vert tient la route. Pas de climatisation, mais Georgios préfère. A l'intérieur, en haut et à droite du chauffeur, la photographie noir et blanc du fondateur du service de bus. Un vrai service public, qui a su s'adapter aux besoins du tourisme d'été. Essentiel.

Le bus quitte la route de Platis Gialos et bifurque sur celle de Faros. Une descente tout en lacets qui quitte à mi-hauteur la route traditionnelle pour suivre une pente moins abrupte. Georgios se souvient d'avoir emmené Anna pour une promenade matinale à pieds depuis Faros vers Kastro par les chemins muletiers qui empruntent cette ancienne route. Ils avaient fait escale dans la crique de Faros à bord du Gibraltar lors de ce voyage mémorable avec la "bande de Paris". Georgios avait proposé cette promenade de quelques heures, mais seule Anna y avait répondu positivement, ce qui n'avait pas été pour déplaire à Georgios. Ils s'étaient donc levés très tôt ce jour-là, avaient pris un thé et quelques biscuits chez Kostas qu'il ne connaissait pas aussi bien qu'aujourd'hui, et s'étaient engagés sur le chemin abrupt mais empierré qui partait au-dessus de la petite chapelle de Faros. Ils avaient longé des potagers, salué des paysans à dos d'âne, traversé des hameaux de pierres désertés de leurs habitants, pris quelques minutes de repos à l'ombre des petites chapelles orthodoxes, non sans y laisser leur obole et allumer une petite bougie jaune, marché sur les pierres plates des murets quand le chemin devenait trop encombré de plantes de toute sorte, puis enfin avaient descendu les derniers cent mètres de dénivelé vers Kastro le cœur rempli de bonheur, en tout cas celui de Georgios car Anna restait toujours tellement secrète.

Faros. Le bus s'esquive entre les deux maisons qui forment comme une entrée retranchée du village et donne directement sur le petit port de pêche. La manœuvre est subtile et réussie. Georgios descend du bus. Andreas est là qui l'attend.

« Comment vont tes personnalités de Chrissopigi ? », entame Georgios. « J'imagine que les discussions vont bon train sur notre affaire ». « Si elles vont bon train, elles restent bien secrètes en tout cas », répond Andreas. « Rien ne transpire, c'est comme s'il ne s'était rien passé. Les "aides de camp" eux-mêmes vont et viennent comme si de rien n'était et la population semble ignorer l'événement. Quant aux touristes, ils n'ont même pas conscience que quelle chose se passe sous leur nez. Je t'ai amené le cantonnier comme tu me l'as demandé. Il s'appelle Aristotélis. Il est dans un bureau de la mairie, là-bas à côté du petit parking. »

En fait de parking, il s'agit d'une aire de sable délimitée par une cordelette hâtivement posée sur les piquets en bois recouverts de peinture blanche, invasion touristique oblige. Un âne dans le champ d'à côté se met à braire on ne sait pourquoi : ses entraves qui l'agacent, l'approche du meltemi qu'il est le seul à ressentir par anticipation, la vacuité stupide de l'homme qui le contraint face à son destin erratique dans le cosmos ? Peut-être tout à la fois.

« Bonjour Aristotélis », dit Georgios en tendant la main au cantonnier avec un large sourire, de ceux que Georgios ne prodigue qu'à ceux qu'il considère comme des personnes respectables. « Comment vas-tu ce matin ? ». « Je te reconnais », répond Aristotélis. « Tu es Georgios, et tu vis à Athènes. Je te vois de temps en temps ici, à Faros, pas tous les ans, mais souvent quand même. La dernière fois, c'était le 15 août, il y a deux ans. Et la première fois, c'était il y a trente-deux ans. Tu étais venu à bord d'une goélette bleue, qui s'appelait le Gibraltar ». Andreas est stupéfait. Georgios lui fait un signe rapide afin qu'il garde son émotion par-devers lui. « Mon cher Aristotélis », enchaîne Georgios, « ta mémoire est toujours aussi exceptionnelle. Sais-tu Andreas que Aristotélis est également imbattable en calcul mental. Tu veux une preuve ? Aristotélis, combien font vingt-trois fois dix-sept ? ». « Trois cent quatre-vingt-onze », répond instantanément Aristotélis. « Et il connaît tous les arbres généalogiques, dates de naissance et de décès incluses évidemment, des habitants de Faros », poursuit Georgios à destination d'Andreas.

C'était Kostas, lorsqu'ils étaient devenus amis il y a quelques années, qui avait raconté à Georgios la vie d'Aristotélis. Son père, Antinos, était pêcheur et sa mère, Fedra, très amoureuse de son mari. Un jour de meltemi, Antinos était parti en mer, comme tous les jours. La mer était plus que sa raison de vivre. C'était son absolu, ce qui faisait sa conviction que la vie humaine valait d'être vécue en dépit de sa finitude. Il lui fallait donc sortir en mer, tous les jours, quel que soit le temps. Et ce jour fut son dernier. On ne retrouva que les débris de son petit bateau de pêche, au large de Kastro. Fedra devint folle et se précipita une nuit dans la mer, depuis l'ancien débarcadère des minéraliers, là où justement Aristotélis avait pris les photos du cadavre de Francesco. On n'avait pas non plus retrouvé le corps de Fedra, juste sa robe noire soigneusement repliée, comme un signe pour dire « je m'en vais en vous laissant le moins de tourment possible ». Aristotélis avait à peine cinq ans et restait sans aucune famille, ses parents étant les derniers de deux lignées qui s'éteignaient après eux. Le village décida de le garder, plutôt que de l'envoyer dans on ne sait quelle administration inhumaine. Ce ne fût pas simple, mais Athènes céda. Et Aristotélis grandit tant bien que mal parmi la communauté de Faros. La disparition de ses parents avait été pour lui un choc impensable et l'amour que les habitants de Faros lui vouaient ne pouvait apporter de remède à ce traumatisme. Un père attiré sans cesse par la mer qui finit par l'absorber, une mère qui préférait le néant bleu de cette même mer à son enfant pour rejoindre l'amour de sa vie. Aristotélis décida alors d'en rester là, de ne plus grandir car cela n'en valait pas la peine. Sa vivacité intellectuelle se concentra sur les mathématiques élémentaires et sur la généalogie de Faros. Sa force physique et son empathie pour les gens lui permirent de devenir le cantonnier de Faros. Tout le monde l'aimait bien, en tout cas les contemporains de ses parents. Pour les autres, les nouveaux venus, qu'ils soient investisseurs athéniens en résidences secondaires ou enfants de la génération suivante, Aristotélis était trop souvent le simplet du village, celui dont on pouvait se moquer pour passer le temps.

Georgios l'avait pour sa part toujours trouvé attachant. Un être capable de décider de s'arrêter, un peu comme Oskar Matzerath le héros du Tambour de Günther Grass. Georgios savait que Aristotélis lui raconterait précisément ce qu'il avait vu l'autre jour sur l'embarcadère, et même bien mieux que les photographies qu'il avait prises ce jour-là.

« Aristotélis, tu sais pourquoi je suis ici », reprend Georgios. « Raconte-moi s'il te plaît. »

« C'était de bonne heure le matin », enchaîne Aristotélis en fixant Georgios directement dans les yeux. « Aux environs de six heures. Moi, je me réveille tous les jours à cinq heures en été, c'est trop bien. Juste avant le soleil, je suis toujours plus rapide que lui. Même en hiver, je me réveille toujours juste avant lui. Il va m'en vouloir un de ces jours, mais je m'en moque. Il n'a qu'à être plus rapide, c'est tout. Il y a deux jours donc, je me lève tôt. Je prends toutes mes affaires et je vais vers l'embarcadère où j'ai laissé la veille ma bétonnière verte. Elle est belle tu sais. Et elle marche bien. Elle tourne, tourne, tourne. Et j'ai déjà fait tout le chemin depuis Chrissopigi jusqu'à l'embarcadère. J'élargis le vieux sentier avec ma pioche et ma pelle, je creuse une petite tranchée vers la mer le long du chemin pour y mettre le câble électrique qui va donner de la lumière quand on y mettra les lampes, je prends des pierres bien plates sur les côtés ou bien je les découpe dans les rochers, je mets un peu de béton et j'y colle les pierres. Et puis quand c'est sec, deux-trois jours après, je peins en blanc les joints. C'est du travail, mais j'aime bien. Alors l'autre jour, j'y vais. Je passe par la bergerie, là-haut tu sais, là où je vais à la chasse en automne. Et puis j'arrive à Chrissopigi. J'aime bien reprendre le chemin depuis là-bas, pour voir si tout va bien. Et j'arrive à l'embarcadère. Et puis là-bas, je vois en bas un type étendu par terre. Je descends. Et le type, il est mort. Le visage dans la terre. J'ai peur, je regarde partout, il n'y a personne. J'ai froid. Je me dis « Aristotélis, tu dois aller voir la police ». Et puis « fais des photos, comme à la télé, avec ton téléphone ». Alors je fais des photos, comme à la télé. Et puis je reviens à Faros pour prendre le bus pour Appolonia. Je dis rien à personne, comme à la télé. Et puis j'arrive à la police. Et puis je dis rien. Je veux voir le commissaire. Et puis quand je le vois, je lui dis tout. C'est tout. »

« Dis-moi autre chose, Aristotélis, tout ça je le sais. Qu'est-ce que tu as vu d'autre ? », reprend Georgios.

« A toi je peux le dire. Parce que les autres, à la police, ils se moquaient de moi, alors je leur ai pas dit. Il y avait une trace de sang sur ma bétonnière verte. Mais c'est pas ma faute. Moi je l'ai laissée comme tous les soirs, sur le chemin. Et puis c'est pas sa faute non plus à la bétonnière. Mais je l'ai nettoyée, je ne sais pas pourquoi, parce qu'ils me font peur. Mais quand même, je ne pouvais pas ne pas le dire qu'il était mort, en bas. Et puis ça fait six mois comme çà que je fais le chemin. Alors c'est pas ma faute. »

« Merci Aristotélis. Non, c'est pas ta faute. Ni celle de la bétonnière. Tu peux t'y remettre demain matin. Il est sacrément beau ton chemin », conclut Georgios en laissant repartir Aristotélis, radieux du commentaire d'un connaisseur sur son œuvre.

« Une bétonnière criminelle ? Allons la voir de plus près », se dit Georgios.

## Chapitre 10 – Faros

Georgios quitte la mairie de Sifnos accompagné d'Andreas pour rejoindre la bétonnière verte d'Aristotélis, là-haut sur le chemin de l'ancien embarcadère minéralier.

Georgios n'avait jamais compris pourquoi Anna était partie comme çà, d'un coup, en lui disant « je vais vivre, vivre, enfin ». Et puis plus rien. Le silence. Pourquoi vouloir tout oublier, et oublier Georgios aussi. Il aurait peut-être fallu qu'il lui dise son amour plutôt que d'attendre qu'elle-même se libère de ses entraves. Pour qu'elle-même se découvre. Mais peut-être n'en avait-elle pas d'entraves, peut-être jouait-elle avec ce qui faisait sa vie. Peut-être ne l'aimait-elle pas, en dépit de ce qu'il imaginait de ce qu'elle ressentait pour lui. Alors pourquoi dire ce qui ne se ressent pas. Oublier, sans le pouvoir. Et aujourd'hui elle réapparaissait, comme ça, de manière impromptue, au beau milieu d'une affaire inextricable.

Le village se réveille doucement. Kostas a déjà ouvert son épicerie bien évidemment. Georgios s'est toujours demandé s'il n'avait pas trouvé un jour, au hasard de ses voyages maritimes, un antidote contre le sommeil. Les pêcheurs sont rentrés, marée oblige, et les négociants sont déjà venus acheter leur pêche pour les restaurants de l'île qui ne seront pas en manque de vacanciers encore aujourd'hui. Certains d'entre eux prennent un café bien mérité sur la terrasse de Kostas. Les vieux du village sont là aussi. Ils dorment peu, comme si le temps qui leur reste était essentiel. Pour quoi faire ? Eux –mêmes l'ignorent mais c'est ainsi.

L'autre côté du village qui regroupe les deux seuls restaurants et le bar des Gorgones est encore vide. Là encore, seules quelques vieilles femmes balaient les marches empierrées bordées de peinture blanche qui mènent à leur habitation et à celles qu'elles louent aux vacanciers le temps d'un été. Georgios le traverse et débouche sur la petite plage de Glyfa.

Le soleil se lève à l'est, comme toujours, et çà tombe bien car Glyfa est orientée à l'est. L'endroit est idéal pour la « salutation au soleil » des amateurs de culture physique zen. Un couple magnifique s'y adonne. Lui musclé comme il faut, elle si svelte que les chèvres qui se promènent dans les alentours en ne mangeant que quelques racines rabougries l'ignorent par jalousie.

Au bout de la plage, Georgios aperçoit l'homme hirsute dans sa grotte qu'il avait déjà remarqué la veille en arrivant à Faros. Il lui fait signe mais l'homme ne le voit pas. « Bon », se dit en lui –même Georgios, « allons-y ». Otant  son pantalon et le roulant précautionneusement sur lui-même sous les yeux ébahis d'Andreas, Georgios entreprend de longer les rochers en pénétrant dans la mer jusqu'à mi-cuisse pour arriver dans la grotte de l'homme hirsute.

« Hello », tente Georgios en anglais, convaincu comme il l'était lorsqu'il l'avait vu la première fois la veille, que pour être aussi hirsute et vivre dans une telle caverne il fallait au moins être anglais, « my name is Georgios and I would like to have some talks with you ». « En anglais ? », lui répond l'homme hirsute dans un français parfait, teinté d'ouzo. « Je n'ai pas quitté l'Angleterre, mon ami, pour retrouver sa langue ici ». « Alors en français », lui rétorque Georgios dans un français tout aussi parfait. « Heu… », répond l'homme hirsute. C'est un bon début, pense en lui-même Georgios.

« Racontez-moi ce que vous faites ici », interroge Georgios profitant de l'effet de surprise de sa venue sans pantalon et en langue française.

« Je m'appelle Jon, pas John mais Jon », débute l'homme hirsute. « Je me suis installé ici cette année, il y a deux mois. J'ai un arrangement avec le maire. Je lui ai loué la caverne du village pour l'été et il ne m'ennuie pas, de même que je n'ennuie personne. Peser sur les autres autant qu'ils te pèsent dessus, c'est ça le problème. Même quand tu ne veux pas peser, eux, ils pèsent. Ici à Faros, on a trouvé un statu quo. Je ne pèse pas et eux non plus. Au moins pour les trois mois de mon arrangement. Et tu sais, Georgios, trois mois c'est pour moi une quasi-éternité.

Mon travail en Angleterre c'était de faire rouler des trains privés sur les chemins de fer libéralisés. Nuit et jour des problèmes potentiels et réels de temps en temps. Et tout çà pour le compte de fonds privés obsédés par leur « Return On Invest », même pas un concept équivalent en français. Alors au bout d'un moment, car on y croit au début au "Return On Invest", je suis parti, j'ai fui. Et puis Faros. Et puis voilà. »

« Je ne sais pas », dit Georgios, « je ne suis pas de ce monde-là. Ce qui m'importe aujourd'hui, c'est de savoir ce que tu as vu ou entendu ces derniers jours sur ce qui se passe à Chrissopigi. Je suis de la police d'Athènes, je ne veux pas te le cacher, et j'enquête sur une disparition qui a touché tout ce beau monde là-bas. Tu es un excentrique, comme bien des anglais, et personne n'est venu encore te voir à cause de cela. Et puis il faut bien dire que rouler son pantalon et risquer un plongeon peu glorieux dans des eaux si bleues et chaudes, mais quand même, n'est pas propice à l'interrogatoire policier, même courtois ».

Georgios voulait par cette entrée en matière ferme éviter le délire facile d'un pseudo anarchiste en rupture de ban avec le grand capital. Il n'avait pas trop de temps devant lui et l'effet produisit son coup.

« Je m'endors avec le soleil et me réveille avec lui », répondit sans ambages Jon. « Ce qui ne m'empêche pas de veiller la nuit bien évidemment et d'écouter ce qui se dit. Car je connais plus que des rudiments de grecs pour avoir il y a bien longtemps non seulement étudié le grec classique à l'école, mais également entrepris quelques études économiques pour le compte des chemins de fer grecs en partenariat avec la compagnie britannique qui m'employait. Ce n'est donc pas un hasard si j'ai souhaité me retrouver ici au moment où ma vie basculait.

Car elle a basculé. Assez du capitalisme tourné uniquement vers l'argent, assez des employés qui ne cherchent qu'à savoir si leur chef est à la hauteur, assez des femmes ne cherchant en fin de compte qu'à remplir leurs greniers de blé pour les vingt hivers à venir, assez de cette société de consommation. Une véritable crise de misanthropie qui couvait depuis tant d'années. Il me fallait prendre le large. Mais je ne suis pas marin. Alors je suis parti me réfugier sur une île, Sifnos, que j'avais connue il y a bien longtemps, une trentaine d'années environ. A l'époque, je commençais à peine ma "carrière" professionnelle dans les chemins de fer, et je bénéficiais de titres de transports pas chers sur le réseau européen. Alors je m'étais organisé le voyage le plus improbable en chemin de fer : la Grèce. Et arrivé à Athènes, ou plus précisément au Pirée qui était l'aboutissement de mon voyage, un appel irrésistible vers les îles. Le premier bateau qui s'offrait était celui qui allait à Milos. Je ne sais pas pourquoi je suis descendu à Sifnos, mais je l'ai fait, et j'y suis resté trois jours avant de revenir daredare à Londres pour reprendre mon travail. C'est à cette époque que j'ai découvert Faros, où je suis venu me réfugier aujourd'hui. Je campai là-bas tu vois, au milieu des vaches, dans les prés qui maintenant ont été viabilisés pour que les riches athéniens viennent y construire des villégiatures d'été.

Tout ceci nous éloigne de tes préoccupations du moment, Georgios. Si ce n'est qu'à cette époque, j'avais remarqué une goélette bleue splendide amarrée à l'éperon rocheux qui pointe au milieu du village, là-bas, tu vois ?, à bord duquel une bande de joyeux drilles français tournaient autour d'une ravissante brune qui semblait pourtant si loin d'eux. Cette goélette s'appelait le "Gibraltar", et c'est cette même goélette que j'ai vue ici, il y a trois jours et qui est repartie hier. Et à bord, il y avait cette même ravissante brune, peut-être même plus ravissante qu'elle ne l'était à l'époque. »

Georgios essaie de contenir son émotion. Anna est donc bien sur le Gibraltar qu'il a reconnu en arrivant à Sérifos. Anna et son Gibraltar étaient ici, la nuit de la disparition de Francesco. Simple coïncidence vraisemblablement, mais quand même.

« C'est drôle, non ? », reprend l'hirsute. « Pour répondre maintenant à ton interrogation sur ce qui se passe à Chrissopigi, ce que j'en sais c'est qu'on dit qu'il y a un genre de séminaire, comme on disait quand j'étais dans les affaires, qui réunit des dignitaires de religions diverses et des penseurs, des philosophes. Ce qu'ils y font, je n'en sais rien. Par contre, je vois de temps en temps depuis qu'ils sont ici des gens qui en font partie emprunter le petit chemin qui est en cours de réfection entre Faros et Chrissopigi. Enfin non, je vois l'un d'entre eux qui fait partie de cet aéropage. Je le sais parce que je l'ai vu à Chrissopigi en compagnie de celui que j'ai identifié représenter les catholiques, le cardinal Roberto de la Sierra, un très proche du pape François pour tout dire. Ça t'étonne n'est-ce pas Georgios que je sois si bien au fait de ce qui se passe là-bas. »

« Mais que veux-tu, ce n'est pas parce que je me suis retiré dans cette caverne que j'ai laissé ma curiosité au large, ni que je suis parti sans moyen de communication moderne », reprend l'hirsute en dévoilant à Georgios un tabouret et une petite table sur laquelle trône un ordinateur et quelques batteries de secours. « Ca aussi çà t'étonne, n'est-ce pas ? Mais en fait, j'ai toujours voulu écrire un roman. Alors je me suis dit que c'était le bon moment, et le bon endroit, ici. Et pour sauvegarder ses écrits, rien de tel qu'une bonne liaison internet connectée à un robuste « Cloud », tu ne penses pas ? En tout cas, c'est comme ça que j'ai découvert l'identité du représentant du pape François, ici, en surfant un peu sur le Net. L'accompagnateur du cardinal, par contre, impossible de l'identifier. Ce que je sais de lui par contre, c'est qu'il va tous les matins prendre le bus à Faros pour revenir dans l'après-midi. Mais depuis deux jours, je ne le vois plus ».

« Et il y a deux jours, quelqu'un est-il passé par ici de bonne heure ? » reprend Georgios. « Non, personne », répond l'hirsute. « Je me lève tôt, avec le soleil qui vient juste en face vers les 05h00 du matin. Et je n'ai vu ni entendu personne. Les gens sont en vacances ici tu sais. »

« Merci pour ton aide », conclut Geogios en prenant congé tout en se disant que l'hirsute ne l'était pas tant finalement. Il regagne la plage où l'attend Andreas. « Je t'ai laissé faire », dit-il à Georgios, « les bains matinaux ne sont pas vraiment mon truc ».

« Pas de problème », répond Georgios sachant très bien que l'issue de l'enquête était de son propre ressort et non pas celui de son ami qui avait de toute façon son lot de problèmes diplomatiques dans cette affaire. « Allons maintenant rendre visite à cette bétonnière verte ».

Les deux amis reprennent le petit chemin, jusqu'à l'endroit du vieil embarcadère minier. La bétonnière est là, trônant au milieu du chemin comme il l'avait vue la veille, un peu trop rapidement certainement après ce que lui avait dit Aristotélis tout à l'heure. Pas de trace de sang sur l'engin, mais une marque bien claire sur l'un de ses pieds extérieurs, preuve de la véracité des propos d'Aristotélis quand il disait avoir nettoyé quelque chose sur la bétonnière. Alors pourquoi pas une trace de sang, après tout. Pas de trace de pas autour de la bétonnière qui pourrait indiquer une quelconque lutte. L'hirsute n'avait vu personne venir de Faros le matin de la disparition de Francesco, Aristotélis non plus qui remontait comme tous les matins le chemin depuis Chrissopigi comme il lui avait dit, mais surtout par fierté du travail bien accompli. Georgios connaissait bien un autre chemin pour venir à l'embarcadère, mais que seuls quelques rares habitants de Faros empruntaient en période de chasse et qui devait être bien encombré de végétation en cette saison.

La thèse de l'accident lui paraissait donc la plus probable. Francesco avait heurté la bétonnière verte qu'il n'avait pas vue au petit matin et s'était fracassé le corps en contrebas sur l'esplanade du vieil embarcadère minier.

Trois questions demeuraient alors sans réponse : que faisait-il à une heure si avancée de la journée sur ce chemin alors que l'hirsute ne le voyait aller et venir que dans la matinée après que les débats entre dignitaires aient débuté, soit après 08h00 du matin ? où était passé son corps ? qui avait replié ses vêtements sur l'esplanade du vieil embarcadère minier ?

## Chapitre 11 – Chrissopigi

« J'imagine, Andreas, que tu as fait boucler la résidence de Francesco », demande Georgios à son ami. « Evidemment », répond Andreas. « Allons-y », dit Georgios. « Il est plus que temps que j'y jette un œil ».

Les deux amis reprennent le chemin en direction de Chrissopigi. Ils passent devant la petite chapelle qui surplombe la baie. Ils franchissent la barrière à mouton et les voilà arrivés à l'extrémité de la plage où se trouve l'une des deux tavernes du lieu.

« C'est ici, dans cette belle villa », indique Andreas. « Monseigneur de la Sierra y séjourne dans la maison principale, et son aide de camp était dans la dépendance juste à côté. Depuis sa disparition, j'ai fait préparer de quoi loger dans la villa d'à côté son remplaçant que nous attendons avec le bateau de midi et qui est dépêché de Rome, car j'étais certain que tu souhaitais laisser dans son état le lieu où résidait notre disparu. Le cardinal a très bien compris et m'a laissé faire. »

Un petit bloc de béton au fond d'un jardin où s'épanouissent des amaryllis rouge et mauve, peint en blanc avec quelques traits et points de bleu. A l'intérieur, un grand studio avec cuisine « à l'américaine » et une minuscule salle de bain. « Un concept "tout en un" », avait dit à Georgios un de ses amis grecs de passage à Paris à l'époque où il habitait dans son studio de la rue Monsieur Le Prince.

Georgios inspecte, à la recherche de ce qu'il ne sait pas quoi. Rien. Tout est rangé, avec un soin plus que maniaque : une salle de bain impeccable, un lit tiré au cordeau. La penderie suspend quelques vêtements adaptés à la chaleur de l'été grec. Quelques livres sur la table de chevet : "l'Ascension du Mont Ventoux" de Pétrarque, "Tierra del Fuego" de Francisco Coloane, un recueil de poème de Rita Mestokosho. Pas de bible ni d'écrit religieux. « Cela confirme la volonté de de la Sierra d'être assisté de quelqu'un d'éloigné de la Curie romaine », se dit Georgios.

« Si ça t'intéresse », intervient Andreas, « il passait beaucoup de temps dans la chapelle que nous avons longée tout à l'heure en haut du chemin. Elle est habituellement fermée et la clef en est gardée par les moines qui se relaient au monastère de Chrissopigi. Quand il est arrivé, il a demandé à ce qu'on lui prête la clef pour qu'il puisse y méditer, disait-il. Depuis sa disparition, je l'ai fait garder avant de faire poser une nouvelle serrure car la clef a disparu avec Francesco et je me suis dit que tu serais peut-être curieux d'aller y 'méditer' toi aussi, sur les traces de notre disparu. Tiens, voici un double de la nouvelle clef ».

« Je vais aller y faire un tour », répond Georgios, « et je prendrai plus tard le bus pour Kastro. De toute façon, il n'y a plus rien à apprendre ici. Veille cependant à laisser ce lieu intact et garde la pression sur le cardinal. Il faudra que je lui parle à nouveau. Je te rappellerai plus tard. Au fait, pas de nouvelles de ma goélette ? ». « Pas encore », répond Andréas, « je t'avertis dès que j'en ai ».

Georgios prend congé et se remet en marche vers Faros par le petit chemin côtier. Arrivé à la hauteur de la chapelle, Georgios bifurque, pénètre dans sa cour revêtue de pierres plates encadrées de peinture blanche et en franchit le seuil après avoir fait tourner dans la nouvelle serrure la clef remise par Andreas. Comme toutes les petites chapelles de l'île, l'intérieur est sobre. Quelques sièges, un retable en bois, une bassine remplie de sable dans lequel le passant plante une fine bougie jaunâtre après s'être acquitté d'un don, à la fois non fiscalisable et non défiscalisable. Certes, l'atmosphère y est sereine et la vue sur les baies de Faros et de Chrissopigi magnifiques. Mais que pouvait bien y faire Francesco? Pourquoi y passait-il tant de temps ? Georgios entreprend de fouiller plus en détail la chapelle. Son instinct d'enquêteur le titille. Derrière le retable, dans ce qui sert de sacristie pour le pope, peut-être ? Georgios s'y engouffre et inspecte. Rien apparemment. Il ressort de la chapelle, en fait le tour, se hisse sur son toit plat et tout blanc, pénètre dans la dépendance, inspecte l'intérieur, toujours rien. Dubitatif, Georgios retourne à l'intérieur de la chapelle. Il s'installe sur une chaise, retrouve son calme et essaie de se mettre dans la peau de Francesco. Difficile, car il ne connaît pas suffisamment son personnage. Un personnage. Oui, c'est bien cela. Un personnage. Georgios en est persuadé. Un séducteur qui a conquis l'estime et la confiance d'un grand cardinal de Rome au point qu'il suffit que ce dernier le rencontre par hasard après bien des années pour l'emmener avec lui dans une mission de la plus haute importance. Un hasard vraiment ? Voire après tout. Un homme indispensable, remplacé instantanément après seulement deux jours de disparition sans affecter plus que cela son mentor. "Bizarre, bizarre", aurait dit Jouvet en réponse à Michel Simon si tous les deux avaient été dans cette chapelle.

Cette belle et sobre chapelle. Le retable de bois peint attire une nouvelle fois l'attention de Georgios. Une fresque peinte représente une Vierge à l'enfant, debout et entourée de personnages. Parmi eux, à sa gauche en contrebas, un petit moine franciscain auréolé lui aussi comme tous les personnages saints de la fresque. Nul doute, il s'agit de Saint François d'Assise. Surprenant de le trouver là, dans une chapelle orthodoxe, comme un pont œcuménique. Surprenant également de le trouver dans une petite chapelle grecque, alors qu'elles sont d'habitude dépourvues de tout ornementation, au contraire des églises qui elles en regorgent, plus baroques les unes que les autres. Cette image ramène une nouvelle fois Georgios à Paris. Il se rappelle avoir lu à l'époque la traduction française du livre de Nikos Kazantzákis "Le petit pauvre de Dieu", traduit en français en "Le pauvre d'Assise", comme exercice pour s'accoutumer à cette nouvelle langue qu'il découvrait. Et toujours Anna au fond de sa tête.

Le tableau n'a pas vraiment de valeur. Georgios s'approche de la fresque. Il s'agit en fait d'un panneau de bois cloué sur un cadre épais et simplement suspendu par des crochets en haut et en bas. « Je veux en avoir le coeur net », se dit Georgios qui entreprend de décrocher le tableau. « Il doit bien y avoir quelque chose par ici ». Scotchée dans le coin du bas à droite, comme protégée par Saint François, une grosse enveloppe, bien à l'abri de l'épaisseur du cadre en bois. Georgios s'en saisit et l'ouvre.

A l'intérieur, un étui en cuir qui semble très ancien, cousu sur ses bords et ficelé par une lanière elle aussi en cuir. Plus qu'intrigué, Georgios ouvre délicatement l'étui. A l'intérieur, quelques feuillets écrits à la main, dans une langue apparemment incompréhensible, et agrémentés de dessin de chevaux dans des postures différentes et saisissantes de vérité. Sur la première page, une simple phrase toujours aussi apparemment incompréhensible, mais que Georgios ébahi décrypte immédiatement, admirateur de son auteur depuis que son ami italien Giovanni l'avait initié à son art en commençant par lui faire découvrir l'une de ses œuvres majeures sur un mur du couvent dominicain de Santa Maria delle Grazie à Milan, miraculeusement préservé d'un bombardement en 1943.

En français, mais écrit de droite à gauche, ces quelques mots : "A mon ami Fosca, messager du temps qu'il me plut de rencontrer à Amboise en ce mois de septembre 1510".

« Est-ce possible ? », s'exclame Georgios seul dans la chapelle. « Un original de Léonardo da Vinci daté de la toute fin de sa vie ? Peut-être même son dernier écrit ? ».

91

Georgios admire les feuillets les uns après les autres, incrédule tant ils paraissent vrais. Son esprit logique reprend bientôt l'ascendant sur ses émotions. Il cherche des réponses. Ce document est-il un véritable original de Léonardo da Vinci ? Si oui, que fait-il ici, caché derrière un tableau intriguant représentant un Saint François d'Assise incongru dans cette petite chapelle isolée ? Depuis combien de temps est-il là ? Qui l'a scotché de la sorte ? Francesco est-il la clé de toutes ses énigmes ? Qui est Fosca ?

Retrouver Francesco s'impose. Mais Francesco est mort et son corps a disparu. Disparu ? oui. Mort ? seul un cantonnier simple, muni de quelques photographies en atteste, même si son témoignage ne peut être mis en doute, ni sa capacité à savoir ce qu'est la mort, lui dont Georgios connaît bien les talents de chasseur en automne lorsque la saison touristique est terminée. Mais lui aussi que la scène tragique qu'il a découverte sur le lieu même de la disparition de sa mère a peut-être troublé.

En tout cas, le corps de Francesco n'a pas été retrouvé et ses vêtements étaient bien pliés, même si tout ensanglantés. Et un homme nu ensanglanté ne serait pas passé inaperçu, que diantre ! - depuis qu'il avait revu le Gibraltar mouiller à Sérifos et que son esprit s'était pris à vagabonder à la recherche d'Anna, Georgios n'arrêtait pas de se remémorer de vieilles expressions françaises désuètes qu'il avait apprises par plaisir à l'époque de la rue Monsieur Le Prince - si il était redescendu à pied du vieil embarcadère minier, que ce soit vers Chrissopigi où il aurait croisé tous ses collègues, ou vers Faros où l'hirsute anglais n'aurait pas manqué d'interpeller un être tout aussi bizarre que lui dans un tel manque d'accoutrement.

Alors quoi ?

Alors rien, en tout cas pour le moment. Le mieux était donc pour le moment de replacer le livre supposé de Da Vinci dans sa cachette, de refermer la chapelle à double tour, de garder la clef avec lui sachant que le seul double était en possession de son ami Andreas, et de partir retrouver son ami Jean à Kastro comme convenu. « Les idées viennent en marchant », conclut-il en adepte de la philosophie péripatéticienne et en partant du principe que personne ne prendrait le risque de venir forcer la porte de la chapelle dans les jours à venir sachant que tout se savait dans une île, et notamment que la police d'Athènes avait changé la serrure de ladite chapelle et l'avait inspectée sans apparemment n'y avoir rien trouvé.

Georgios reprend le chemin de Faros, contourne la bétonnière verte assassine, salue l'anglais hirsute perdu dans ses rêves, jette un œil au bronzage des belles yogistes sur la plage, longe les tavernes prêtes à accueillir les touristes français de midi, rejoint le petit de port de pêche, s'engouffre dans le bus tout juste en partance pour Appolonia, paie son écot, en descend sur le croisement routier stratégique des bus, attend le bus d'Artémonas qui connecte sur Kastro, s'y engouffre, paie à nouveau un écot identique même si le trajet est plus court et se retrouve en bas des marches de la citadelle.

Et pendant tout ce temps, toujours rien dans son esprit. Le vide absolu. Le vide ? non. Un nom, unique et lancinant depuis Sérifos. Le Gibraltar. Comme quand Tintin découvre le nom du Karaboudjan dans le "Secret de la Licorne".

Sauf que Georgios en connaît le capitaine, et que ce n'est pas le capitaine Haddock, sacrebleu.

## Chapitre 12 – Kastro

Georgios monte les marches qui mènent au sein de la citadelle. Le village est comme un château-fort dont les habitations en bordure forment les remparts. On accède à l'intérieur du village par quelques petites portes qui offrent aux touristes une ombre rafraîchissante sous le soleil de l'été et la faculté de faire des photos en contreplongée sur la mer, banales mais bien belles. Comme Georgios est un peu en avance, il a le temps d'entrer un instant dans le village.

Tout y est encore plus blanc et enchevêtré que dans les autres villages de l'île au point qu'on a l'impression d'entrer au cœur d'une seule et même maison dont les pièces donnent par de petites portes en bois de couleurs différentes sur une immense cour intérieure qui zigzague de-ci de-là. En partant sur la droite, la cour intérieure s'élargit et devient place principale servant à la fois de parvis à l'église et de terrain de foot aux gamins.

A cette heure de la journée où le soleil tombe à pic, seuls les chats se prélassent à l'extérieur à l'ombre des escaliers ou des tables et chaises qui attendent l'ouzo de fin d'après-midi. Quelques touristes aussi luttent contre la chaleur, parfois au bord du coup de chaleur. Les habitants restent quant à eux bien à l'ombre chez eux.

Georgios redescend vers l'arrêt de bus qui jouxte en contrebas le restaurant où ils se sont donné rendez-vous. Placé à l'ouest de l'éperon rocheux sur lequel est bâti le village, le restaurant offre une vue imprenable sur la vallée qui remonte vers Appolonia et bénéficie d'un léger courant d'air permanent qui fait de sa terrasse l'une des plus prisées de tout Sifnos.

« Bonjour mon ami », dit Georgios en donnant l'accolade à Jean. « Quel plaisir de te retrouver après toutes ces années », lui répond ce dernier également en français, langue qu'ils venaient de décider tacitement d'emprunter comme un souvenir du bon vieux temps.

« Tu m'excuses pour hier soir », enchaîne Jean, « mais c'était LA soirée estivale de Radio Dreams que j'anime depuis le début de l'année ». Jean a les yeux tirés mais rayonne manifestement de bonheur après cette soirée mémorable.

« Raconte-moi comment tu es venu t'installer ici», répond Georgios en guise de quittance.

« C'est bien simple, et somme toute assez banal », reprend Jean. « Il me fallait fuir ma vie parisienne avec laquelle je devenais de plus en plus en rupture. Ce n'est pas que le travail ne m'y intéressait pas, ni qu'il n'était pas assez rémunérateur, bien au contraire. Mais je n'y trouvais plus de sens. Je me refermais sur moi-même, oubliant mes amis que je voulais de moins en moins voir. Les années se succédaient, sans rien de nouveau. Un sentiment de vide de plus en plus absolu, tu vois. Je sais, tu vas me dire que j'étais déjà comme çà à l'époque de notre "bande de Paris" comme on l'appelait, mais je crois que ce vide s'est encore plus "vidé" si je peux oser l'expression.

Et puis il y a un peu plus d'un an, une amie de passage à Athènes m'a envoyé la photo d'un Street Art qui représentait un petit vélo tout noir avec cette question : "where is my mind ?"

Ce fut pour moi comme un déclencheur. Où était parti mon petit  vélo, celui qui m'emmenait dans mes aventures enfantines puis dans mes randonnées d'adolescent pendant quelques jours avec les copains que ma misanthropie naissante avait fini par agacer au point que ces randonnées se terminaient toujours seul pour  moi ? Devenu adulte, était-il devenu suffisant de chevaucher mon grand vélo le week-end à la recherche de nouveaux Street Art dans tout Paris pour sortir un peu du carcan du travail de la semaine ? Où étaient passées mes envies de liberté et d'aventures que ce petit vélo d'enfance incarnait si bien dans mes propres rêves ? ».

Comme à son habitude, Georgios avait commandé deux Mythos et quelques mezzés tandis que son ami lui racontait son histoire. Entre misanthropes, ils se comprenaient mais n'en avaient pas pour autant moins faim ni soif, et il savait que Jean n'attendait que cela.

« Je décidais alors de tout arrêter », continue Jean, « et de venir retrouver Paul qui s'était installé à Sifnos il y a une dizaine d'années environ, juste après d'ailleurs qu'Anna ait décidé de voguer à travers le monde ».

Georgios ne savait pas que Paul était venu s'installer à Sifnos. Il est vrai qu'il les avait tous relégués, la "bande de Paris", dans sa vie passée depuis qu'Anna avait quitté si subitement sa vie réelle, à lui Georgios, et qu'il était alors entré sans vraiment en prendre conscience dans une sorte de vie rêvée au moment où Anna avait décidé, elle, de larguer les amarres et de ne plus lui donner de ses nouvelles. Comme si tout un pan de sa vie se clôturait là, d'un coup, sans qu'il n'y puisse rien y faire, et qu'il fallait bien alors continuer de vivre, mais pourquoi ? il ne le savait pas, peut-être par habitude de la vie. Alors pourquoi pas le rêve plutôt que la réalité.

« Paul était tombé amoureux de Sifnos, reprend Jean après une gorgée de Mythos et quelques olives noires, « tout comme moi, lors de notre voyage à bord du Gibraltar d'Anna. Il avait très mal vécu quelques années plus tard la dislocation de notre « bande de Paris » avec le départ d'Anna. Il n'avait plus d'inspiration et ses tableaux ne se vendaient plus. Alors un jour il m'a annoncé qu'il partait mais ne pouvait me dire où. Il voulait trouver autre chose, donner un autre sens à sa peinture. Je pense qu'il était amoureux d'Anna et ne pouvait se résoudre à son départ. Quelque chose en plus le troublait dans sa peinture. Je ne sais quoi. Mais il me parlait souvent de ce livre de Daniel Arasse, « on n'y voit rien », comme pour me dire que sa peinture lui échappait. Çà le terrifiait quand il en parlait et c'était devenu pour lui vital de prendre le large, lui aussi, comme Anna.

Nous avions une certaine connivence, Paul et moi, du fait de nos aspirations à rêver le monde. Lui par la peinture, moi par la poésie. Et peut-être parce que j'étais aussi secrètement amoureux d'Anna. »

La purée de fèves de Santorin, les calamars grillés, les aubergines farcies, les concombres et tomates de Sifnos, la féta recouvrent la table avec un pichet de vin rouge. Il fait chaud, mais le meltemi secoue avec grâce les tentures en coton suspendues en bordure de la terrasse du restaurant.

« Quelques mois après son départ de Paris », continue Jean, « il m'appelle pour me dire qu'il s'est installé ici à Sifnos. Il y a trouvé ce qu'il cherchait : la mer, le soleil, les couleurs franches, une langue qu'il ne maîtrise pas suffisamment pour lui permettre de limiter ses relations personnelles au strict minimum qui font de ses nouveaux amis de véritables amis, un début de sérénité en quelque sorte. Un début seulement car il a toujours des problèmes à régler avec sa peinture.

Je lui parle alors de mon trouble quant à ma propre vie qui part je ne sais où et qui m'empêche moi aussi de donner libre cours à mon besoin de création. Monter des affaires, tu le sais, je sais faire, çà m'amuse même. Mais les gérer m'ennuie. Pire, çà me mine, me ronge et finit par me tuer. Créer, quoi que ce soit, même en dehors du champ artistique, mais créer, c'est cela qu'il me faut ».

La brise du meltemi emporte les anges hypothétiques qui auraient pu faire une incursion dans la discussion des deux amis.

« Paul me propose alors une idée saugrenue », enchaîne Jean en ignorant le duvet des anges soufflé par le meltemi. « Sifnos et les îles avoisinantes manquent d'une radio de proximité, comme celle que nous avions l'idée d'inventer il y a bien des années au moment du grand mouvement des « radios libres » en France. Nous pourrions mettre au point cette radio maintenant en évitant tous les pièges, notamment financiers, dans lesquels nous sommes tombés à l'époque. Qu'en penses-tu ?, me dit-il.

J'y ai réfléchi pendant quelques mois, et puis j'ai sauté dans l'idée. J'ai rejoint Paul ici à Sifnos et nous avons monté "Radio Dreams", histoire de trouver un compromis entre notre idée de faire de la vie une succession de moments artistiques de toute beauté, et un véhicule publicitaire indispensable à la survie de notre utopie, mais pas trop quand même. Bref, un truc qui fonctionne et où tout le monde s'y retrouve, les auditeurs et les publicitaires, sans trop de compromission ».

Georgios n'avait pour sa part jamais suivi l'actualité radiophonique de Sifnos depuis qu'il fréquentait l'île. Quand il y venait, il coupait le son et l'image de tout ce qui pouvait troubler son entourage proche. Stupide certes, mais tellement reposant. C'est pourquoi il ignorait tout de la présence de ses amis Jean et Paul sur son île bien aimée.

« Paul s'est au fur du temps retiré de la gestion et de la programmation de  Radio Dreams », reprend Jean. « Sa quête d'absolu devenait une obsession incompatible avec le rythme de la radio. Pour ma part, Radio Dreams est devenu ma seconde vie et Paul l'a compris. Il reste actionnaire dans notre affaire commune mais me laisse les commandes. Il me remet de temps en temps sur les rails quand je dérive, et au bout du compte ça marche plutôt bien. »

« Et ton travail poétique ? », se risque Georgios.

« J'avoue que je l'ai un peu délaissé », répond Jean. « Mais peut-on vraiment écrire de la poésie quand on n'est pas malheureux ? Et toi Georgios, qu'es-tu devenu au long de toutes ces années? J'ai suivi tes enquêtes dans la presse, sans vouloir te recontacter pour ne pas t'indisposer. Nous étions trop épris de notre liberté à l'époque et je n'ai pas voulu briser ce pacte tacite entre nous.»

« Oh moi… », répond succinctement Georgios qui n'a pas envie de prendre le risque, en dépit de toute l'amitié qu'il porte à Jean, de dévoiler la raison de sa présence sur l'île à la seule radio locale, « Dis-moi plutôt où se trouve Paul maintenant. J'aimerais le rencontrer pour parler comme avec toi du bon vieux temps, et savoir ce qui amène des français comme vous à venir vous installer chez nous », jouant sur l'intérêt de sa question auprès de l'ego de Jean.

« Paul vit à Cheronissos, au nord de l'île », répond Jean. « Un endroit qu'il faut vraiment aimer pour y vivre, si tu veux mon avis. Il vient peu souvent à Appolonia qu'il trouve trop « affairée » comme il dit. Mais il ne manque jamais de venir me rendre visite quand il y passe. Pour ma part, je monte de temps en temps chez lui. Ça me fait du bien, et je crois que je le comprends dans sa recherche d'absolu. Ce que je ne sais pas, c'est si il y a une solution à ce qu'il recherche ».

Les deux amis commandent un café « expresso » à la française pour conclure leur déjeuner, quand Andréas apparaît à l'entrée du restaurant. Georgios prend congé de Jean en lui promettant de le revoir dans les quelques jours.

« Georgios », lui dit Andreas, « je crois que j'ai une information qui va t'intéresser. »

## Chapitre 13 – Cheronissos

« Tu m'as demandé de me renseigner sur un bateau portant le nom de Gibraltar », annonce Andréas à Georgios. « Comme je pense que tu ne me l'a pas demandé sans rapport avec ton enquête, je me suis permis de venir au plus tôt dès que j'ai eu des nouvelles, et surtout celle-ci. Le Gibraltar est arrivé à Cheronissos hier soir et il y est encore ce matin. »

« Je t'y emmène », ajoute Andréas qui devance la demande de son ami qu'il connaît trop bien.

La route remonte en lacets vers Apollonia. Des parcelles délimitées par des murets en pierre surgissent des légumes et de la vigne. D'autres parcelles sont toutes jaunies de paille après les moissons d'été. « La terre dans cette partie de l'île est riche et bienveillante pour les hommes », se dit Georgios. Arrivés à l'embranchement de la route principale, ils obliquent à droite en direction d'Artemonas qu'ils rejoignent rapidement pour ensuite se diriger vers Cheronissos.

Après avoir laissés sur leur gauche les moulins ancestraux de l'île, juchés sur le meilleur promontoire venteux comme il se doit, Andréas et Georgios pénètrent dans les terres du nord. Arides, sans quasiment aucune habitation. C'est là que se trouvaient les mines qui ont fait la fortune et la renommée de Sifnos à l'époque de Delphes. Plus récemment, c'est de cette partie de l'île que l'on tirait le minerai transporté ensuite dans les bateaux qui accostaient dans le port minéralier en eaux profondes de Faros.

Cette partie de l'île avait toujours inquiété mais aussi fasciné Georgios. Il l'avait peu visitée, quasiment pas pour ainsi dire. Des collines sèches, une flore rare, des chemins menant nulle part désormais, sauf vers quelques plages où des tavernes improvisées l'été accueillaient quelques rares touristes perdus, à croire que les propriétaires de ces tavernes cherchaient tout sauf la clientèle. Et aussi vers ces tours-citadelles construites tout autour de l'île bien avant que la naissance de Jésus-Christ ne fasse partir pour certains le compte à rebours du temps dans deux directions opposées, et qui servaient à prévenir de l'attaque imminente d'envahisseurs, et qui sont allumées de nouveau tous les ans à Pentecôte par des volontaires éclairés. Mais à part cela, rien. Sauf au bout de la route, Cheronissos, relié physiquement au reste du monde par deux portes d'entrée : Artemonas et son bus dont la fréquence varie avec les saisons, et son port pouvant accueillir les bateaux de plaisance. Tout comme le Gibraltar.

« Tiens, le bus d'Artemonas revient de Cheronissos », remarque Andréas en le croisant et en espérant sortir Georgios de ses rêveries. « Que cherches-tu avec ce bateau, le Gibraltar ? Il a un rapport avec ton affaire ? ».

« Sait-on jamais », lui répond évasivement Georgios. « Laisse-moi à Cheronissos tout à l'heure, je reprendrai le bus ou bien j'appellerai un taxi, ne t'en fais pas. Je ne sais pour combien de temps j'en ai. Je dois y rencontrer quelqu'un ».

Andréas sait qu'il ne faut pas en demander davantage à son ami lorsqu'il est en pleine réflexion. Il n'a jamais compris mais c'était ainsi. Lui est plutôt adepte de l'expression, dont il paraît qu'il en sort toujours quelque chose. Georgios, non, c'était ainsi, et depuis qu'ils se connaissaient. Arrivés sur la crête qui domine Cheronissos, Georgios demande à son ami de l'arrêter là. « Je finis à pied et t'appelle plus tard », lui dit-il en guise de remerciement.

Cheronissos est un village de pêcheurs. Une crique étroite et longue le protège des fortunes de mer. Pas vraiment un lieu de villégiature pour touristes en mal de plage, celle-ci étant quasiment inexistante, mais il y en a quand même des touristes. Du genre « cool », comme on dirait à Paris, pense Georgios. Deux ou trois bonnes tavernes où le poisson y est toujours frais suffisent manifestement à la survie du village et attirent les bateaux de plaisance de passage. Il faut dire que l'arrivée par bateau y est impressionnante. La crique est étroite et ne laisse apparaître le village qu'au dernier moment. Un peu comme un bout du monde nautique. Georgios descend les marches qui coupent à travers la route au milieu des quelques maisons qui composent le village. Une fois arrivé au niveau de la mer, il avise l'épicerie centrale, là où tout se sait.

« Bonjour », dit-il en entrant à l'épicier. « Je cherche un bateau du nom de Gibraltar qui serait arrivé hier. Tu sais où il est ? ».

« Bonjour », répond le tenancier qui avait vite compris qui était Georgios tellement les nouvelles vont vite sur une île, et pas seulement des Cyclades. « Tu n'as pas de chance. Il vient juste de larguer les amarres il y a une heure environ, lorsque le bus d'Artemonas est reparti. Il est arrivé hier soir. Une belle femme à bord, avec un homme splendide aussi. Ils ont dîné ensemble à la taverne au bout de la plage, et puis le bateau est reparti tout à l'heure, sans faire de ravitaillement ».

« Je cherche également un ami, qui s'appelle Paul. Un peintre », reprend Georgios.

« Paul ? Tu le trouveras dans la petite maison là-bas, un peu sur le promontoire plein ouest. Viens, je le te montre », répond l'épicier en entraînant Georgios à l'extérieur de sa boutique.

Georgios remercie l'épicier et entreprend la traversée de la petite plage, la ponctuant de "pardon", "désolé", en enjambant les quelques touristes bronzant pendant que leurs enfants s'ébrouent furieusement dans le calme de l'anse. Arrivés au bout de la plage, un escalier de pierre s'élève vers la petite maison désignée par l'épicier. Une centaine de marches peut-être. Si peu et si loin à la fois de la civilisation. Arrivé tout en haut, Georgios reprend son souffle et éponge son front. La vue est saisissante. Rien d'autre que la mer, avec tout au fond la silhouette confuse de Sérifos. La maison est petite, blanche et bleue. Georgios frappe à la porte. Aucune réponse. Georgios insiste. Un murmure incompréhensible précède des pas lents qui arrivent à la porte. La porte s'ouvre, qui laisse apparaître un homme aux cheveux en bataille, pas rasé, le visage et les mains pleines de touches de peinture.

« Georgios ! », s'exclame Paul. « Que fais-tu ici ? ».

Les deux amis tombent dans les bras l'un de l'autre. Tant d'années qu'ils ne s'étaient pas retrouvés, et pourtant c'est comme si c'était hier. Jean et Paul étaient les meilleurs amis de Georgios au sein de leur "bande de Paris". Anna c'était bien évidemment différent.

« C'est plutôt à toi de m'expliquer », répond Georgios sur un ton enjoué. « Moi, je suis grec, alors ce n'est pas absurde que je sois ici. Mais toi, le peintre parisien dont le succès commençait à poindre dans nos belles années, que fais-tu ici, au bout du monde? Pour tout te dire, c'est Jean, que j'ai retrouvé à Artemonas hier soir, qui t'a dénoncé ! Mais entre amis, c'est la moindre des choses, n'est-ce pas ? »

« Entre mon ami », enchaîne Paul. « Installe-toi sur la terrasse, nous allons fêter nos retrouvailles comme il se doit ». La maison de Paul n'est en fait qu'un immense atelier de peinture, avec des fenêtres ouvertes sur le Nord et l'Ouest. Des toiles de tous formats, une forte odeur de couleurs, des pinceaux dans des pots, des chevalets meublent essentiellement l'atelier. Dans un coin de cet immense espace, un lit et un empilement de livres. Sur la terrasse, un bar et une cuisine sommaire.

« Un peu spartiate, vas-tu dire », décrit Paul en servant un bon verre d'ouzo à son ami retrouvé. « Je te rassure. C'est mon atelier d'été et il n'y a pas besoin d'avoir plus de confort. L'hiver, je file à

Artemonas. J'y ai une petite maison, avec une cheminée. Et puis c'est le moment où je voyage pour vendre mes tableaux. Ça marche plutôt pas mal d'ailleurs ».

Georgios se cale confortablement dans le fauteuil en rotin qui fait le coin de la terrasse. Il sait qu'une fois engagée, la conversation avec son ami tourne au monologue. Le privilège des génies, se dit-il.

« L'été, c'est ici que je trouve mon inspiration depuis quelques années », reprend Paul. « Enfin, plutôt une relative sérénité pour mon travail. Il s'épure de plus en plus. Tu te souviens, à l'époque, j'étais passé du portrait au paysage, par crise de misanthropie comme je vous disais. Çà vous amusait, mais je crois que ma peinture n'en prenait que plus de force. J'avais découvert la peinture de Thomas Cole et surtout celle de Asher Durand lors d'un voyage aux Etats-Unis. La nature et quelques petits personnages perdus au milieu d'elle, comme des intrus, mais résistants à l'immensité. Cette peinture reprenait les grands thèmes de Poussin ou de Joseph Vernet, mais elle les situait dans ce nouveau monde américain, comme pour prouver à la fois la nécessaire humilité de l'homme face à la nature s'il veut s'y installer, mais aussi la vanité d'une telle entreprise. Plus tard, je découvrais les paysagistes russes, notamment Bogatyrev et ses paysages si désespérants de vérité. C'était cela qu'il me fallait. Sortir l'humanité de mes toiles. Revenir à l'essentiel, la nature sans l'homme. Au départ, je m'appliquais à peindre les moindres détails de cette nature, les feuilles des arbres de la forêt de Fontainebleau ou les grains de sable des dunes d'In Salah. Puis progressivement, j'ai compris qu'il fallait aller plus loin encore dans l'épure, tout en gardant de la matière épaisse. Exprimer l'essentiel. Rien d'autre. Comme Nicolas de Staël. »

Georgios retrouvait l'ami qui l'avait séduit par ses fulgurances visionnaires qui faisaient de son travail une quête permanente vers la vérité. Un peu comme lui, et son travail d'enquêteur, toutes proportions artistiques mises à part. Un peu comme lui aussi, sa misanthropie pas forcément si claire que çà.

« Une chose toutefois me résiste », continue Paul après s'être resservi un troisième verre d'ouzo. « Et je ne comprends pas pourquoi. Je vais te montrer ».

Paul laisse seul son ami sur la terrasse. Georgios en profite pour admirer le paysage que le flot de paroles de Paul avait englouti. Les collines arides qui entourent la crique de Cheronissos descendent en pente abrupte jusqu'à la mer, ne laissant aucune place au doute. Le bleu profond de la mer, encore et toujours, comme une certitude. Et vaguement au loin, Sérifos, comme une chimère.

Paul réapparaît avec quatre toiles qu'il dispose en éventail autour de Georgios. « Tu vois », reprend-il. « Je n'y arrive pas. ». Les quatre toiles n'ont rien de semblable, si ce n'est leur caractère abstrait. L'une est faite de morceaux de couleurs très cernés, l'autre de langueurs étendues, la troisième de virevoltes enchevêtrées, et la quatrième est un grand monochrome. « Je les ai peintes au cours des cinq dernières années, au fur et à mesure de mes recherches. Tu ne remarques rien ? ».

Georgios s'applique à regarder plus au fond, une fois absorbé le choc émotionnel qu'il vient de ressentir à la découverte instantanée du génie de son ami. Car ces toiles le bouleversent. Il comprend tellement la quête d'absolu de Paul. Et il voit là, devant lui, qu'il est sur le point d'y arriver. Si ce n'est ces trois petits points rouges, pas toujours ensemble ni au même endroit, mais présents sur chacune des toiles. « Tu vois », dit Paul qui a compris que son ami avait compris. « J'ai beau rendre abstrait la nature qui m'entoure, je n'arrive pas à en évacuer l'homme. Il est là toujours. Même sous la forme de trois petits points rouges. Pourquoi, bougre de non, pourquoi ? »

Georgios n'a pas la réponse et il sait que quand bien même il l'aurait il ne pourrait pas la partager avec Paul. Il se lève, embrasse son ami et sort de son atelier d'été. Paul ne l'a pas vu partir, peut-être pas vu du tout après tout, mais Georgios doit aller au bout de son enquête, et ce n'est pas Paul qui va pouvoir l'aider.

Georgios descend quelques marches lorsqu'il entend la voix de Paul qui l'interpelle. « Elle était ici la nuit dernière, mais elle est repartie ce matin », lui lance Paul. « Un bateau du nom de Gibraltar et une belle brune à bord, ça ne trompe pas ».

« Merci mon ami », lui répond Georgios. « A très bientôt ».

## Chapitre 14 – Appolonia

Georgios traverse à nouveau la plage de Cheronissos, mais dans l'autre sens. « Pardon, désolé », en enjambant les touristes installés comme ils le peuvent çà et là. Passage également chez l'épicier du bout de la plage, juste pour avoir quelques informations supplémentaires sur le Gibraltar qui était bien là hier soir.

« Il y était et est reparti tout à l'heure. La belle brune était à bord, mais son compagnon de dîner est resté à terre. Peut-être avait-il le mal de mer ? En tout cas, il a pris le bus que tu as dû croiser en venant ici ». Les épiciers de Sifnos, comme tous les épiciers des îles du monde d'ailleurs, sont des informateurs de première qui adorent les sous-entendus quand ce ne sont pas les embrouilles, se dit Georgios, mais qui contrairement aux informateurs de terre ne monnaient pas leurs informations. Ils les distillent, à qui veut bien prendre le temps de les écouter, où à qui ils souhaitent les donner, comme çà, pour leur plaisir à eux. Et aujourd'hui, Georgios en faisait partie de ces gens-là. Jour de chance ? Oui, le bus pour Appolonia est là, qui l'attend dirait-on pour repartir. Georgios s'y engouffre. La fin de l'après-midi s'annonce, il fait chaud, il a besoin d'une bonne douche à son hôtel, et quelqu'un l'y attend à qui il a promis d'écouter ce qu'elle avait d'important à lui dire.

Le bus vert crème remonte la pente pour rejoindre le haut plateau du nord de l'île. Le paysage est vraiment désertique, extrême même dans sa solitude, tout à fait pour son ami Paul, pense Georgios. Lui, Georgios, ne pourrait y vivre. Derrière son attitude misanthrope, il a besoin des autres.

« Ce qui compte c'est faire, et non pas être », avait lancé un soir Jean sur le Gibraltar à la douce époque d'Anna. Elle n'était pas d'accord, évidemment. Pour elle, "être" était l'essentiel. "Etre" c'était vivre, sans besoin de la reconnaissance des autres. Respirer, aller où bon lui semblait, vivre ses passions. « Et l'amour, et la mort, dans tout cela ? », lui répondait Jean pour entretenir le feu de la parole dans leur trip grec. Anna restait songeuse et s'échappait dans un verre de whisky. Jean et Georgios restaient alors si seuls qu'ils l'accompagnaient aussi dans un verre de whisky, histoire de rester encore un peu avec elle, même si c'était sans espoir.

Georgios avait toujours gardé en tête cette réflexion de Jean, lancée comme une boutade à l'époque. Pour lui, "être" c'était tellement difficile, et çà l'était toujours aujourd'hui.

Et puis ça voulait dire quoi, "être" ?

Affirmer sa présence, son existence ? C'était bien présomptueux au regard de l'univers. Tromper le néant ? Un beau pied-de-nez philosophique qu'il voulait bien considérer. Assumer la représentation de sa fonction sociale ou professionnelle ? C'est ce qu'il ne pouvait plus supporter.

Alors "faire", c'était la seule branche de l'alternative acceptable. Pas n'importe comment, mais "faire". Pour en tirer au moins la satisfaction d'un travail bien accompli, comme un bon artisan. Pour en tirer aussi l'attention, si ce n'est l'admiration, des autres. Bref, pour se donner la conviction de servir à quelque chose, peut-être. Une histoire de "trompe-néant" encore une fois. Mais plus pudique. Finalement pas si mal.

Troulaki. Le bus s'arrête quelques instants. Georgios sort de ses pensées métaphysiques dont il sait qu'il ne trouvera jamais la clef mais ce n'est pas une raison pour ne pas s'y complaire. Il récapitule les faits qui composent son enquête.

« Un séminaire secret regroupant, mais en nombre limité, des autorités religieuses et philosophiques du monde entier se tient à Chrissopigi, haut lieu de la religion orthodoxe. Parmi ces autorités morales, un cardinal catholique très proche du pape voit disparaître son « aide de camp ». Plus précisément, le corps de cet « aide de camp » est découvert mort un matin par un cantonnier un peu simple d'esprit qui le photographie pour en garder des preuves car il sait qu'on ne le croira pas facilement, et ce même corps a disparu quelques heures plus tard quand la police arrive sur les lieux. Les vêtements du prétendu mort sont trouvés bien pliés à l'endroit où devrait se trouver son corps et c'est tout. Une bétonnière de couleur verte semble toutefois dans le coup. Le cardinal dont l'aide de camp a disparu ne semble pas outre mesure désappointé par cette disparition, sans que l'on sache s'il est ou non transcendé par sa mission pour le moment. Enfin, un original d'un livre de Léonardo da Vinci, peut-être le dernier connu si il s'avérait être vraiment de lui et portant la mention *"A mon ami Fosca, messager du temps qu'il me plut de rencontrer*

113

*à Amboise en ce mois de septembre 1510"*, est caché dans une petite chapelle surplombant le monastère de Chrissopigi, derrière une toile représentant dans l'un de ses coins Saint François d'Assise, et vraisemblablement mis là par le disparu.

Dans le même temps, le Gibraltar, Anna et une partie de la bande de Paris refont surface ici, à Sifnos. Et une femme âgée tout de blanc vêtue et plutôt « illuminée » essaie de me parler depuis deux jours ».

Georgios en est là dans ses réflexions lorsque que le bus arrive à Artemonias. Il décide alors de poursuivre à pied jusqu'à l'hôtel plutôt que d'attendre la correspondance, d'autant que cette marche est agréable au milieu des deux villages qui désormais n'en font plus qu'un. Un vrai labyrinthe si on n'y prend garde, mais un labyrinthe avec toujours une sortie. Passées les ouzeries, boulangeries et épiceries qui jouxtent la place principale d'Artemonas, la petite rue étroite descend, remonte puis redescend vers Appolonia en traversant des petites places servant de parvis aux églises qui font la joie des touristes photographes. Le soleil commence à disparaître sur la droite lorsque Georgios arrive à l'hôtel Petali.

« Vous êtes d'une rare ponctualité, Georgios. Vous permettez, n'est-ce pas, que je vous appelle par votre prénom. J'ai entendu votre ami vous nommer ainsi. Pour ma part, je m'appelle Régine ». La femme en blanc est là sur la terrasse, comme si elle n'en avait pas bougé de la journée depuis qu'ils s'y étaient croisés ce matin. « Un prénom qui n'existe plus mais qui était très en vogue à mon époque. Non, non, ne faites pas semblant de ne pas croire que j'ai mon âge. Je suis une actrice savez-vous. Et puis qu'est-ce que le temps ? J'ai joué tous les rôles que l'on peut jouer au théâtre. J'ai prêté mon corps à toutes les héroïnes. De Rosalinde, Bérénice, Célimène à Mère Courage, en passant par Roxane, Phèdre et Blanche Du Bois. J'ai tout interprété, et bien mieux que toutes les autres pestes de la profession. Je ne suis jamais tombé dans la facilité du cinéma, moi que diantre ! Je voulais toucher ainsi à l'immortalité vivante et immédiate, pas comme sur une pellicule qui vieillit paradoxalement au fur du temps, au point qu'il faut les restaurer désormais pour les visionner encore. L'instant présent, en saisir sa force, le rendre plus fort que le temps au travers de personnages écrits par des génies littéraires pour toujours. Et être adulée du public pour leur avoir fait ressentir cet instant d'immortalité. Être la maîtresse du temps, un instant. Être la maîtresse du temps de mon public, tenir leur vie entre mes seules mains. »

La femme en blanc est transfigurée. Georgios retrouve dans son regard la même lueur enfiévrée que dans celui du cardinal de la Sierra la veille à Chrissopigi.

« Alors imaginez, mon cher Georgios, imaginez lorsque j'ai rencontré Fosca. J'étais jeune et je pensais être au sommet de ma gloire, même si je redoutais l'ombrage naissant de cette autre petite peste de Florence. Et c'est alors que Fosca est entré dans ma vie. Il était beau et si triste. Comment ne pas le prendre en compassion ? Comment ne pas vouloir le rendre à la vie ? Ah, jeunesse inconsciente et présomptueuse. Je l'ai emmené avec moi. Je l'ai choyé. Et il a fini par m'aimer. Et puis un jour, il a fallu que j'exige qu'il me dise tout de lui. Pour qu'il m'appartienne totalement. C'est alors qu'il m'a avoué qu'il était immortel et qu'il m'a raconté sa vie, depuis sa naissance en 1279. J'étais transportée de joie. Être aimée d'un immortel qui emporterait à jamais avec lui mon amour. Je devenais moi-même un personnage immortel comme au théâtre.

Pauvre de moi. Je n'avais pas compris qu'en exigeant ces aveux je mettais fin à notre amour, que Fosca allait me quitter, une fois de plus désespéré par ce maudit temps qui ne veut plus rien dire pour lui. C'est ce qu'il fit, sans se retourner. Et il disparut au fond de l'horizon, juste avant que l'heure commence de sonner au clocher. »

La femme en blanc s'interrompt. Georgios attend.

« Je sais pourquoi vous êtes ici, mon cher Georgios. Je ne suis pas aussi folle qu'il y paraît. Vous enquêtez sur la disparition il y a trois jours du corps du secrétaire du cardinal de la Sierra qui a organisé une réunion des plus secrètes, que l'on pourrait qualifier d'œcuménique, à Chrissopigi », reprend Régine. « C'est mon ami Kostas, à Faros, qui m'en a parlé avant-hier lors de ma promenade. Depuis le temps que je viens à Sifnos, je me suis fait quelques amis vous vous doutez bien, et les épiciers des îles aiment discuter avec leurs amis. »

Régine s'interrompt une nouvelle fois, histoire de savourer en bonne actrice l'effet produit par sa révélation sur Georgios. Et l'effet est réussi.

« Mais ce qui m'intrigue davantage, comme je vous le disais ce matin, c'est que je n'ai plus de nouvelles de Francesco depuis que son corps a disparu. Il m'avait pourtant dit en arrivant à nouveau à Sifnos il y a quelques jours avec son cardinal, qu'il avait apporté dans son voyage ce livre très rare dont il m'avait parlé autrefois et qu'il voulait m'en faire présent pour célébrer nos retrouvailles. Et quand Francesco dit quelque chose, il le tient, quoi qu'il arrive. C'est donc bizarre que je n'ai pas de nouvelles de lui depuis, vous ne trouvez pas ? C'est pour cela que je voulais vous en parler. Parce que je sais qui vous êtes. J'ai lu le récit de vos enquêtes dans la presse et j'ai le sentiment de pouvoir vous faire confiance. Et j'ai besoin de savoir ce qu'est devenu mon Francesco ».

Georgios n'y comprend plus rien.

« Je vous vois perplexe », continue Régine. « Il faut alors que je vous dise tout. Francesco n'est pas son vrai nom. Nous nous sommes retrouvés par hasard il y a quelques semaines, dans le bateau pour Sifnos.

Sifnos, cette île que j'ai découverte quelque temps après que Fosca m'eût quittée. J'étais alors anéantie, ne pouvant admettre la froideur avec laquelle Fosca m'avait laissée. Il avait certainement raison pourtant : comment un immortel pouvait-il se satisfaire de rencontres momentanées ? quel était le sens de sa vie, à lui ? avait-il le droit d'embarquer avec lui une mortelle, ne serait-ce que quelques instants ? Il n'avait alors que le choix de fuir. Mais ce faisant, il me dévastait. Et je ne lui pardonnai pas cet égocentrisme. Briser les rêves, fussent-ils des chimères, c'est ce qu'il

117

y a de plus douloureux au monde, pire, c'est inacceptable. Surtout les rêves des amoureux ».

Régine marque un temps d'arrêt.

« Pourtant, il faut bien continuer à vivre, que l'on soit immortel ou non, ne serait-ce que pour montrer à cet immortel égocentrique que ce n'est pas parce qu'il est immortel que nous ne partageons pas les mêmes angoisses face à l'avenir. Et puis qu'en sait-il d'ailleurs, qu'il restera tout seul un jour avec sa petite souris ? L'avenir n'est jamais une certitude ».

Régine marque un autre temps d'arrêt. Georgios écoute, de plus en plus perdu.

« J'étais anéantie, vous disais-je. Je décidais alors de partir, loin des mondanités de la vie parisienne. Retourner aux sources du théâtre, Athènes. Me retrouver seule, une île. Sifnos, par hasard. Un vrai coup de foudre, immédiat, dès l'accostage à Kamarès. C'était il y a longtemps, et depuis j'y reviens sans cesse.

Et puis comme je vous le disais, je l'ai croisé inopinément il y a quelques semaines dans le bateau. Il venait préparer un séminaire pour un certain cardinal pour lequel il travaillait et qui devait se tenir peu de temps après. Il n'avait pas changé, toujours aussi beau, toujours aussi jeune, toujours aussi triste. C'est lorsqu'il a enfin plongé son regard dans le mien, moi qui le dévorais des yeux, qu'il m'a reconnue.

Son vrai nom, c'est Fosca ».

## Chapitre 15 – Chrissopigi

« Vous savez tout, mon cher Georgios », continue Régine. « Rapportez-moi des nouvelles, j'en ai besoin. Je n'ai jamais cessé de l'aimer malgré sa lâcheté. Il est si fragile et si beau. Je dois vous laisser à présent. Je suis attendue pour le vernissage de l'exposition d'un peintre local. Il est français et habite à Cheronissos en été. Il s'appelle Paul. Ses œuvres commencent à rencontrer un beau succès. A bientôt, mon cher Georgios ».

La femme en blanc salue Georgios, quitte la terrasse de l'hôtel et disparaît dans les ruelles blanches et bleues d'Appolonia.

Un immortel dans son enquête maintenant. Georgios s'installe au bar de la terrasse et commande une Mythos accompagnée de graines de lupin dont il raffole sur les îles. Il en a bien besoin. Pourquoi pas un immortel, après tout. Enfin, si on souhaite une explication logique à un mort qui disparaît, à une pile de vêtements ensanglantés soigneusement repliés sur les lieux du drame, et pour autant bien évidemment qu'on admette que l'immortalité soit possible.

C'est Anna qui aimerait cette histoire. Elle qui courait en permanence, pour vivre, contre le temps. Que ferait-elle si elle rencontrait Fosca ? Serait-elle séduite ou effrayée ?

Anna, toujours Anna, de plus en plus dans cette histoire aussi. Le Gibraltar à Sérifos quand Georgios y arrive. Le Gibraltar à Faros le jour de la disparition de Francesco. Le Gibraltar hier à Cheronissos qui

119

disparaît ce matin. Jean et Paul retrouvés ici à Sifnos. Régine qui court au vernissage d'une exposition de Paul. Kostas qui parle de cette belle brune rencontrée il y a longtemps dans le port d'Abidjan, puis aperçue à Faros à l'époque de la 'bande de Paris », et qui était peut-être à bord du Gibraltar il y a quelques jours à Faros. Paul qui est sûr de l'avoir vue hier. Et lui, Georgios chargé d'élucider cette affaire. Lui, l'amoureux inavoué d'Anna.

Le soleil passe de l'autre côté de l'île. Une certaine fraîcheur réapparaît. Des clients de l'hôtel rentrent de leurs excursions à Vathy et Platis Gialos. Ils vont se préparer pour le dîner du soir. « Quelqu'un a vu Stéphanie et Guillaume ? », lance l'un d'entre eux à ses amis. « Ils sont allés faire un tour à Cheronissos par le bus aujourd'hui. Je leur ai dit que c'était un peu rude, mais ils aiment ce genre de paysage ». Un haussement d'épaules généralisé vient traduire la réponse négative de l'ensemble du groupe d'amis.

Anna répondait souvent ainsi à Georgios lorsqu'elle ne voulait pas lui répondre alors qu'elle connaissait la réponse à sa question. Pudeur ou volonté de dissimuler, Georgios ne l'avait jamais su vraiment mais il ne lui en tenait pas rigueur. Elle ne voulait pas répondre, et c'était suffisant comme réponse. Anna, toujours Anna. Le Gibraltar, Cheronissos. La troisième Mythos libérait l'esprit de Georgios. L'épicier de Cheronissos avait bien dit qu'un 'homme splendide' et une 'belle femme' étaient descendus à terre pour dîner hier soir et que cet 'homme splendide' avait pris le bus d'Artemonas quasiment au moment où Georgios arrivait à Cheronissos. Georgios sentait monter en lui, et c'était bien stupide, une sorte de jalousie envers cet 'homme splendide', sentiment d'autant plus stupide qu'il se renforçait à l'idée qu'il avait croisé ce bus en venant de Kastro. Mais il faut dire que la quatrième Mythos n'arrangeait pas sa raison, même si elle éclairait de plus en plus sa clairvoyance.

« Bon Dieu ! Mais serait-ce bien sûr », se dit-il en lui-même, plagiant ainsi l'inspecteur Bourrel mais en utilisant le conditionnel plutôt que le présent par respect pour son illustre modèle télévisuel et aussi parce Georgios préférait le doute cartésien à l'affirmation d'une certitude toute relative à un instant donné. Il lui fallait donc rejoindre au plus vite Chrissopigi pour vérifier son hypothèse, et le bus d'Appolonia en était le moyen le plus rapide si sa mémoire des horaires ne lui jouait pas des tours.

Georgios rejoint la route en contrebas qui descend d'Artemonas à Appolonia et va se poster au croisement routier stratégique de l'île. Il n'a pas longtemps à attendre. Il monte à bord du bus qui prend au passage quelques touristes de Faros venus visiter Kastro le temps d'une fin d'après-midi. Par chance pour Georgios qui n'aime pas être enfermé, le bus est l'un de ces vieux bus non climatisé qui oblige à circuler toutes fenêtres ouvertes. Il s'installe tout à l'arrière, comme il le faisait lorsqu'enfant il prenait le bus pour aller à l'école primaire. De là, on observe tout, sans être vu. Sans que l'on sache pourquoi, la conversation entre passagers dans ces vieux bus est plus immédiate, comme si l'ouverture du véhicule sur l'extérieur était une invitation à en faire de même avec les gens. Ou alors comme si l'absence de protection contre l'extérieur exacerbait au contraire ce besoin grégaire de se rassembler. Bref, les conversations vont bon train dans le bus et Georgios laisse agréablement divaguer son esprit à la recherche d'air frais venant accompagner la douceur du houblon des Mythos consommées au Pétali.

Mais au fur et à mesure des arrêts du bus, un sentiment étrange envahit Georgios. Pas un malaise, non, juste un sentiment étrange. Il jette alors un œil sur les passagers du bus. Parmi eux, Georgios reconnaît tout d'abord un groupe de français. Yves, l'accidenté de la veille, et ses trois amis joueurs de belote. Les deux femmes rayonnantes et bronzées, les deux hommes qui ont manifestement décidé d'oublier leur rasage quotidien durant les vacances. A l'avant du bus, juste derrière le chauffeur, Kostas qui avait dû probablement monter à bord à Exembela et qui emmenait avec lui une cagette de tomates qu'il avait le don de savoir faire pousser dans son jardin et qui sans contexte étaient les plus savoureuses de tout Sifnos, mais chut, c'est un secret. Trois rangs derrière, Jon, l'anarchiste hirsute de la grotte de Glyfa, qui devait revenir d'un distributeur de banque d'Appolonia, car même si Kostas était un homme bien, il n'en était pas moins épicier et que le cash vaut quand mieux que tous les crédits de la terre si on veut rester amis. Au premier rang, sur la droite du chauffeur, enfin plutôt de la chauffeuse blonde qui porte ses lunettes de soleil relevées sur sa chevelure, Aristotélis, monté on ne sait où dans le bus pour aller on ne sait où non plus, mais bien là, le regard lointain et certain.

« Il ne manque plus que le cardinal de la Sierra », se dit Georgios avant de se retourner, incrédule, sur son compagnon de banquette arrière du bus et de constater qu'il s'agit d'un prêtre catholique, et qu'il ne peut s'agir ici, à Sifnos et en ce moment, que du « remplaçant » de Francesco, ou plutôt de Fosca.

Le bus entame sa descente vers Faros et s'arrête au milieu de nulle part. Aristotélis en descend. Le bus repart. A l'arrivée à Faros, Georgios attend d'être le dernier à descendre. Il veut passer inaperçu, et c'est bien difficile dans une île grecque, mais Georgios sait faire. Il passe par le pré derrière l'épicerie de Kostas, où il est sûr de ne rencontrer personne, sauf l'âne qui y est entravé et qui braie aux premières lueurs du jour son angoisse de la journée qui s'annonce, mais pour le moment c'est le début de la soirée et ça tombe bien. Georgios est pressé. Si son intuition, aidée par sa connaissance des horaires de bus de Sifnos, se confirme, il est encore temps, mais ça risque d'être juste.

Georgios traverse hardiment le village, puis la plage de Glyfa où Jon regagne déjà sa caverne, et il s'engage sur le petit chemin de Chrissopigi.

La nuit est maintenant tombée et la marche sur la partie du chemin non encore stabilisée par Aristotélis n'est pas aisée. Et Georgios est évidemment parti sans lampe de poche, mais avec du houblon plein la tête ce qui certes éclaire son esprit, mais rend ses appuis pour le moins aléatoires. La lune et les étoiles sont toutefois là, pour l'aider, comme souvent. Georgios est certain que la solution de son enquête se trouve là, sur le chemin de Chrissopigi. Son esprit s'envole, bien plus assurément que ses pas.

Les coïncidences n'existent pas. Il y a une logique à tout, même si cette logique passe de temps en temps par des choses a priori irrationnelles, comme par exemple accepter que Fosca est bien un immortel au service du cardinal de la Sierra. Comme par exemple admettre que ce même cardinal sait bien que Fosca est immortel, qu'il l'a découvert à un moment où un autre de leur relation, que peut-être que Fosca le lui a avoué, et que c'est pour cela qu'il ne s'en inquiète pas davantage car il imagine bien le peu d'intérêt qu'un tel être si éloigné de la condition humaine peut porter aux affaires politiques du monde et qu'il faut faire juste au mieux de ses compétences, et que Dieu finira par reconnaître les siens au bout du compte, et que cela ne sert donc à rien de se poser des questions stupides et insolubles sur savoir si ce qui donne du piment à la vie des hommes dépend de son caractère mortel ou non.

Comme par exemple aussi envisager que le Gibraltar vogue tout autour de Sifnos depuis le début de cette affaire pour servir de moyen de transport discret à Fosca. De la crique de Faros à Sérifos pour éloigner un temps Fosca après sa mort inopinée et découverte par un pauvre cantonnier reconnu pour son honnêteté par tout le monde au point que les autorités donnent l'alerte. Pour qu'il soit alors préférable de faire disparaître le corps en recherchant la discrétion pour protéger les débats en cours, plutôt que de jeter le trouble dans la communauté philosophique réunie à Chrissopigi.

Comme par exemple, tant qu'à faire, faire l'hypothèse que Jean, Paul et Anna fassent aussi partie de l'histoire, manipulés à leur corps défendant par un Fosca qui aurait rencontré Anna et son Gibraltar il y a bien des années après sa traversée dans le golfe de Guinée comme il l'avait raconté au cardinal de la Sierra et comme celui-ci l'avait rapporté hier à Georgios, et qui aurait changé de stratégie vis-à-vis de son cardinal en le laissant tomber au beau milieu de ses discussions à la vue du Gibraltar dans la crique de Faros, juste par esprit de contradiction.

Mais alors Régine dans cette histoire ? Un grain de sable dans le scénario sans cesse en mouvement élaboré par le cerveau tortueux de Fosca ?

« Et merde », lâche alors Georgios toujours en français en se prenant les pieds dans ceux de la bétonnière verte qu'Aristotélis avait déplacée d'une bonne dizaine de mètres aujourd'hui, preuve s'il en fallait une qu'il était décidément un très bon cantonnier même si la conséquence en était pour le moment la chute de Georgios du haut du chemin jusque sur la plateforme de l'ancien embarcadère, là même où il y a quelques jours Aristotélis découvrait le corps mort de Fosca.

125

## Chapitre 16 – Fosca

La pleine lune éclaire Sifnos. Elle se reflète dans la mer qui laisse échapper sur sa surface quelques clapotis. Tout est si calme. Même le meltemi a décidé de laisser se reposer les hommes et les bêtes. Les drisses des bateaux, d'habitude si lancinantes quand elles discutent à n'en plus finir avec les mâts auxquelles elles sont attachées sans l'avoir jamais désiré, se taisent également. Elles retiennent leur souffle. En contrebas de l'embarcadère, une goélette bleue est au mouillage. Elle ne bouge pas non plus.

Georgios vient de faire une chute d'une bonne quinzaine de mètres. Il revit la même sensation qu'il y a bien des années il a déjà vécue, mais c'était en montagne, en Vanoise plus précisément, lorsque Jean l'avait décidé de venir y faire un tour pour découvrir l'alpinisme. C'était l'été qui suivait leur balade dans les Cyclades à bord du Gibraltar. Georgios avait rêvé qu'Anna les aurait emmenés à nouveau dans une autre balade en mer, mais au dernier moment, non. Et son rêve s'était écroulé. Celui de Jean aussi, de la même façon. Alors Jean avait proposé à Georgios de découvrir autre chose, la montagne, et Georgios avait accepté, histoire de ne pas rester seul à Paris au mois d'Août. Ils s'étaient retrouvés à Pralognan-la-Vanoise, après un voyage en train et bus pour Georgios. Jean y était installé depuis deux semaines dans un chalet que ses parents avaient acheté quelques années auparavant, mais où ils n'allaient plus vraiment. Avec la poésie, la montagne était une autre passion de Jean.

S'échapper du quotidien vers le haut, quitter la ville, traverser la forêt et rejoindre le monde minéral, les rochers et les glaciers, toucher le ciel de près une fois tout en haut des sommets. Georgios avait aussi envie de goûter cette extase promise, même si il manquait de forme physique. « Tu t'acclimates quelques jours avec des petites promenades à pied en altitude, le tour de l'Aiguille de la Vanoise avec sa vue sur la Grande Casse, et ensuite nous irons en haut de la Pointe de l'Echelle », lui avait dit Jean. « Tu verras, ça ira tout seul ». Georgios l'avait cru et cinq jours après son arrivée il s'était retrouvé en bas de ladite Pointe de l'Echelle, vers 6 heures du matin après un bivouac de fortune, pour faire comme si c'était une grande aventure alpine. La montée avait été plus longue que prévue, et le sommet atteint seulement vers 10h00 après un passage vertigineux et mémorable pour Georgios sur l'arête terminale. « Ça se saurait si les Grecs étaient un peuple d'alpinistes », avait-il lancé à Jean avant d'entreprendre la descente. L'humeur était joyeuse, mais les corps fatigués. A mi-descente, le rocher sur lequel Georgios avait pris appui cède, faisant basculer Georgios dans le vide. Jean a juste le temps de se mettre en position et stoppe Georgios dans sa chute grâce à la corde qui les reliait. « Tout va bien ? », lui crie Jean. « Ok, pas de problème », répond Georgios. « Laisse-moi juste reprendre mon souffle ».

Une chute sereine, libératrice. C'est le souvenir que Georgios en avait toujours gardé. Le corps fatigué s'envolant dans les airs. Mais surtout la tension de savoir si ça finirait, évanouie. Peu importait à ce moment précis l'avenir, le présent était là, immédiat. Et ce n'était même pas une obligation de le déguster comme si c'était le dernier moment. Non, il était là, présent et c'est tout.

Puis la corde qui se tend, l'arrêt brutal et le retour à la réalité. « Tout va bien ? ». « Ok, pas de problème. Laisse-moi juste reprendre mon souffle ».

La pleine lune éclaire Sifnos. Comment Georgios n'a-t-il pas vu la bétonnière verte ? Comment n'a-t-il pas vu le Gibraltar qui mouille en contrebas de l'ancien embarcadère ? Quand arrivera-t-il à échapper à ses chimères, même dans les moments les plus épiques de son existence ? « Jamais, peut-être. Jamais, sûrement », se dit-il en reprenant sur l'esplanade de l'ancien embarcadère le même souffle qui avait failli lui manquer il y a bien des années.

« Quelle chute magnifique ! », lui dit l'homme sombre qui se penche sur lui sur l'esplanade. « Blague mise à part, ça va ? ».

« En tout cas, moi, je m'en suis sorti alors que je ne suis qu'un humble mortel », lui répond Georgios. « Il faut croire qu'il y a une justice immanente, ou en tout cas que l'idée que les chats ont devant eux au moins sept vies s'applique aussi à la police d'Athènes. Bon, je ne voudrais pas plagier le célèbre Stanley », poursuit Georgios en se relevant tout en s'époussetant comme il le peut, « mais j'ai bien envie de dire, et vous me le permettrez je suppose après ce que je viens de vivre à l'instant, "Mister Fosca, I presume ?" ».

« Allez, je vous dis tout parce que ça ne sert à rien de jouer avec un immortel. Vous avez toutes les cartes en main s'agissant du temps qui passe, vous les immortels, et ce serait par trop présomptueux que je puisse tricher avec vous comme je peux être amené à le faire avec les mortels dans mes enquêtes. Ne faites pas cette tête, c'est Régine qui m'a parlé de vous. Tout se sait dans une île, à qui sait l'entendre évidemment. Et pour être complet et vous mettre à l'aise, je veux bien admettre que vous l'ayez un peu mauvaise que je me remette aussi facilement d'une si 'magnifique chute' comme vous le dîtes, alors que la vôtre au même endroit a été un désastre. Si j'osais encore dans l'humour de série B teinté d'un certain irrespect je vous l'accorde mais tellement nécessaire pour que je puisse m'en remettre définitivement, je dirais que c'est peut-être une question d'âge ».

« Très fort, Mister Georgios 'I presume' aussi », lui répond Fosca qui goûte tout autant que Georgios son effet de lui dire qu'il le connaît. « Permettez-moi également de ne pas jouer avec la vérité avec vous dont c'est le métier que de la trouver, et je suis réellement impressionné par la rapidité avec laquelle vous avez conduit votre enquête. Comment je connais votre nom ? C'est mon ami le cardinal de la Sierra qui vient de me le dire. Vous avez en effet compris que j'étais revenu sur les lieux de mon propre crime, même si en fait de crime il ne s'agit que d'une malencontreuse chute et que le criminel, si il en fallait un,  serait plutôt cette bétonnière inattendue d'un vert si incongru. Je vais tout vous raconter ».

« J'imagine que vous avez rencontré Régine à son hôtel à Appolonia, là où vous-même résidez durant votre enquête. Tout ce qu'elle vous a raconté de moi est exact. Je suis né en Italie, le 17 mai 1279, dans un palais de la ville de Carmona. Et depuis, je roule ma bosse dans le monde entier, en alternant les phases d'excitation extrêmes durant lesquelles tout me semble possible, avec de longs moments de dépression insupportables face à l'immensité du temps qui s'ouvre devant moi. Exactement comme les mortels, qui somme toute, ne savent pas ce qui se passera après leur mort. Pendant toutes ces années, j'ai eu la chance de pouvoir rencontrer des hommes et des femmes d'exception. Ceux sont eux qui m'ont donné le goût de vivre, mus qu'ils étaient par la recherche de la beauté, pas seulement artistique mais également politique, ou plus simplement par l'amour. La beauté de faire quelle chose de beau, de bon. Une beauté qui s'impose d'elle-même, qu'elle soit reconnue par une multitude comme en politique, ou plus simplement par deux êtres portés par leur amour. Oui ce sont eux qui m'ont porté jusqu'à aujourd'hui. Et c'est pour les accompagner dans leur quête de la beauté que je me suis toujours mis à leur service. Car voyez-vous, je me suis rendu compte très vite que seul je n'allais pas très loin. Certes être immortel décomplexe dans les situations difficiles. La belle affaire. Mais très vite, à l'échelle d'une vie de mortel, on est découvert et votre statut d'immortel est insoutenable pour les détenteurs du pouvoir qui n'ont alors de cesse que de poser des obstacles dans vos velléités politiques, obstacles que l'immortalité est bien insuffisante à effacer. J'ai compris ainsi très vite que je ne pourrai jamais construire ma cité idéale. Pour autant, il fallait bien que je m'occupe avec tout ce temps devant moi. C'est comme cela que je me suis mis au service des puissants tout d'abord, puis des gens que j'estimais ensuite et avec qui j'avais envie de faire un bout de route. Le cardinal de la Sierra est de ceux-là. Et lorsque je l'ai rencontré par hasard à Rome après l'avoir bien connu à Buenos Aires, je n'ai pas hésité une seconde, comme il vous l'a raconté. »

La pleine lune inonde de sa clarté le vieil embarcadère et donne à la scène une dramaturgie sublime. Mais Georgios n'est pas dupe. Il touche au but.

« Je me suis embarqué avec lui dans cette idée insensée de faire vaciller le monde capitaliste sans pour autant que les religions en profitent pour mettre en place un nouvel ordre tyrannique. Car les mortels n'aiment pas le vide. Ils ont trop peur. Leur finitude les replie sur eux-mêmes, leur démontre leur étroitesse, leur incapacité à voir grand et beau. Ils ont besoin de règles, de normes, d'idéal pré-digéré, et au bout du compte de chefs qui pensent pour eux, fussent-ils des tyrans. Croyez-moi, j'ai fréquenté le pouvoir depuis tant d'années. Heureusement de temps en temps, des êtres d'exception se dressent face à cette barbarie drainée par la masse des mortels. Et j'ai envie de les aider. Non pas parce que j'aime ces mortels, non, mais à tout le moins parce que je vais passer sur cette Terre un bon bout de temps et que je n'ai pas envie de la voir se salir. Elle est trop belle. »

131

Fosca se tourne vers la mer en contrebas. Il fait bon et l'air est empli des odeurs sucrées des plantes des îles. Le Gibraltar mouille en contrebas.

« Et puis il y a les femmes. Elles m'ont toujours fait vivre, m'ont toujours sorti de ma torpeur dans mes moments de dépression intenses. Je le confesse, j'aime l'amour des femmes. Et pour le coup, être immortel est un avantage. Pas besoin d'être frénétique comme mon ami Giacomo, même si il a vécu quand même plus de soixante-dix ans. J'ai le temps, moi. Et les femmes adorent être aimées par un immortel, en tout cas jusqu'au moment où elles comprennent qu'elles ne le seront malheureusement pas, elles, immortelles, et que la jalousie des regards des autres femmes ne se jette plus sur elles, passé un certain âge. »

« Car voyez aussi, Georgios, j'ai toujours avoué mon immortalité à ceux pour qui je travaillais ou que j'aimais. Certes pas dès le premier jour de nos rencontres, mais en tout cas dès que je souhaitais avoir des relations plus fortes avec eux. C'est pour moi une question d'éthique même si je sais que peu d'entre eux peuvent l'accepter, et encore moins d'entre eux peuvent l'admettre dans la durée. C'est pour cela aussi que je ne fais que passer dans leur vie, pour des durées plus ou moins longues, mais seulement que passer. J'ai passé un long moment avec Régine. Et puis il arriva un moment où il fallut que je parte. Comme toujours ».

Fosca marque un temps avant de reprendre. « C'est comme cela que je me suis retrouvé ici, avant-hier, hagard sur cette plateforme après cette maudite chute. J'avais décidé de me rendre discrètement à Appolonia en prenant le premier bus du matin de Faros pour Appolonia après avoir emprunté ce petit chemin. J'avais emmené avec moi un présent pour Régine. Un livre dédicacé par Léonardo da Vinci quand je lui avais rendu visite à Amboise. Léonardo était un de ces êtres d'exception pour lequel j'avais décidé de travailler lorsqu'il essayait de rapprocher les points de vue de François Ier et de Charles Quint. »

« Cette chute fut terrible, au point de me laisser inconscient, enfin mort selon une perspective mortelle. Lorsque je me réveillai, j'aperçus au loin un homme manifestement troublé qui allait vraisemblablement chercher du secours au village. Je ne voulais pas entrer dans des justifications quelconques sur ma présence sur cette plateforme, et puis je dois avouer que ma mission avec le cardinal étant finie, j'avais envie de vivre autre chose. C'est alors que j'aperçus en contrebas de cette plateforme une goélette, la même que ce soir, le Gibraltar. Et accoudée à son bastingage, une femme brune, si belle. »

« Une fois de plus, je n'ai pas résisté à l'envie de l'amour. Mais avant tout, mettre le livre de Leonardo à l'abri. La petite chapelle là-haut. L'endroit était idéal. Je remontai le chemin, et entrai dans ce lieu dans lequel j'avais passé pas mal de temps les jours d'avant. Sa quiétude m'envahissait comme jamais auparavant. Je ne saurais dire pourquoi. Et ce tableau étrange avec Saint Francois d'Assise dans le coin. C'est là derrière que j'y cachai le livre de Léonardo. C'est là que vous l'avez découvert, mon cher

Georgios, si j'en crois mon intuition, et que vous l'y avez laissé sciemment, pour attendre ce qui pourrait se passer, n'est-ce pas ? »

Sans attendre la réponse de Georgios, Fosca poursuit son récit. « Une fois le livre mis en sécurité, je redescendis vers l'embarcadère, pliai mes vêtements tout maculés de sang, et plongeai dans la mer. J'étais sûr qu'il y avait suffisamment de fond puisque c'était là que les minéraliers venaient remplir leurs soutes gigantesques. Je me sentais revivre dans la mer, comme la première fois où j'avais découvert mon immortalité en empruntant le passage sous-marin qui me permit de reprendre possession de ma cité il y a si longtemps. Mais cette fois-ci au bout de mon plongeon, il y avait le Gibraltar et Anna. Elle m'accueillit à bord sans plus de surprise, m'apporta un peignoir de bain et un verre de whisky. Je me laissai faire, goûtant la joie du début d'une nouvelle aventure, et m'endormis dans ses bras. »

« Le lendemain matin, nous voguions vers Serifos. J'étais heureux et Anna donnait ses ordres à l'équipage. Je n'arrivai pas à savoir si elle était de ces êtres que l'amour porte en permanence, prêts à chaque fois à y croire une nouvelle fois. Un peu comme je le suis, mais moi j'ai la vie devant moi. Ou bien si elle était en fait désabusée de tout et ne recherchait finalement que le bonheur de l'instant. Je ne sais pourquoi, mais j'ai tout de suite eu besoin de lui expliquer qui j'étais. Je savais que je pouvais lui faire confiance, même si de toute façon tout cela importait peu. »

« C'est le soir, dans une taverne de Serifos, que je lui racontai ma vie d'immortel. Elle me crut sur parole. Il faut dire que mon plongeon de la veille avait de quoi participer à la convaincre. D'elle-même, elle ne me dit presque rien. Si ce n'est qu'elle parcourait les mers à la recherche d'une chimère, un amour qu'elle avait connu il y a bien longtemps. Elle me parla aussi de son premier voyage dans les Cyclades, et à Sifnos plus particulièrement. De ses amis de l'époque, tous plus ou moins amoureux d'elle, elle le savait. Elle me dit qu'elle avait ressenti le besoin de revenir à Sifnos, pour y retrouver comme un parfum de sa jeunesse, mais que le choc avait été trop rude et que c'était pour cela qu'elle avait décidé de mettre le cap sur Serifos après s'être arrêtée seulement quelques heures à Faros, plutôt que de céder à son impulsion de s'installer pour quelques temps au moins à Sifnos. Peur de virer dans la mélancolie, peur d'y retrouver un jour ou l'autre l'un des amis du passé, peur d'avoir peur ? Elle ne savait et préférait fuir. »

« Retrouvant le lendemain les pieds sur terre, je convainquais Anna de me ramener à Sifnos. Il fallait en effet que je retourne à Chrissopigi pour donner mon congé au cardinal de la Sierra, récupérer le livre de Léonardo et honorer ma promesse à Régine. Cap sur Cheronissos donc où j'imaginais qu'il serait plus discret pour moi de débarquer, Anna me proposant quant à elle de venir me récupérer la nuit suivante à Faros. Et c'est là où nous sommes à présent, mon cher Georgios, et c'est là où maintenant j'ai besoin de vous car je sais pouvoir avoir confiance en vous. »

135

« J'ai tout expliqué au cardinal de la Sierra qui comme vous l'avez compris, sait tout de mon état d'immortalité. C'est pour cela qu'il ne vous en voudra pas si votre enquête se conclut par une disparition inexpliquée. Et il fera tout pour rassurer ses homologues de Chrissopigi, et surtout les convaincre de garder le secret de cette disparition entre eux. Quant aux habitants de Faros, je serai une histoire mystérieuse de plus, comme il y en a tant dans les îles. Je voudrais que vous alliez remettre le livre de Léonardo à Régine de ma part. Dites-lui que je vais bien. Elle comprendra. »

Sur ces derniers mots, Fosca donne le livre à Georgios, se déshabille et plonge à nouveau dans la mer depuis le haut de l'embarcadère, sous le regard d'Anna qui l'attend sur le Gibraltar.

« Fichtre », se dit Georgios, « ils ont une sacrée propension à l'exhibitionnisme ces immortels ».

**Epilogue**

L'Agios Georgios de la Venturis Sea Lines quitte le port de Kamarès en direction du Pirée. C'est un bon vieux ferry, bien plus lent que les Highspeed, mais qui navigue par toutes les mers contrairement à ses jeunes successeurs. Ses ponts et ses coursives respirent en plein air, et c'est ce qu'il faut aujourd'hui à Georgios pour rentrer sur Athènes après ces trois jours d'enquête à Sifnos. Et puis il n'y a pas de raison pour que seul Fosca puisse goûter le plaisir du temps qui passe.

Hier soir, Georgios s'était retrouvé avec le livre de Léonardo da Vinci dans les mains après que Fosca eût plongé dans les flots depuis l'ancien embarcadère minier. Georgios l'avait aperçu ensuite grimper l'échelle arrière du Gibraltar. A peine était-il à bord, que l'ancre de la goélette était relevée et que le voilier mettait le cap à l'Est pour sortir de la crique de Faros. Georgios avait deviné la silhouette d'Anna au bastingage, fugace et si belle, qui s'éloignait une nouvelle fois.

Georgios s'était épousseté avant de remonter sur le chemin jusqu'au niveau de la bétonnière verte qui n'avait pas bougé entretemps. Il avait atteint rapidement la petite plage de Glyfa et avait salué de loin l'anglais hirsute dans sa grotte au bord de l'eau. Puis il s'était attablé dans une taverne sur la plage après avoir demandé à Andreas par téléphone de le rejoindre un peu plus tard à Artemonas dans l'une des ouzeries de la place principale. Il avait tous les éléments pour clore son enquête lui avait-il dit. Il avait bu une Mythos bien fraîche pour se remettre en écoutant les français de l'autre jour se lancer des "belote, rebelote et dix-de-der". Puis il avait grimpé à bord du bus qui repartait vers Artemonas, via Appolonia. Kostas était en pleine activité dans son épicerie à cette heure-là, mais il avait toutefois pris le temps de saluer de loin son ami Georgios. Le vieux bus vert crème s'était mis en route et avait remonté tranquillement la pente laissant la mer où elle devait l'être sur une île, à savoir en contrebas. Arrivés à mi-hauteur, Georgios avait aperçu Aristotélis qui rassemblait quelques chèvres dans un enclos de pierres. Tout rentrait dans l'ordre, paisiblement.

Après un arrêt rapide à Appolonia, le bus avait fini sa course à Artemonas. Georgios y avait retrouvé Andreas à l'ouzerie convenue et il lui avait livré ses conclusions. Pas de cadavre, pas d'arme du crime, personne pour s'inquiéter de la disparition du disparu, pas de mobile du crime. Rien. Donc pas de crime. Donc fin de l'enquête. La vie reprenait son cours insulaire et on parlerait dans les tavernes de « l'inconnu de Sifnos » pour se rappeler de cet épisode. Georgios irait transmettre ses conclusions dès le lendemain à Nicolas à Athènes. Ce serait préférable à une conversation téléphonique qui comportait le risque de voir Nicolas insister pour trouver une meilleure fin à cette enquête, alors que Georgios savait qu'il n'y en avait pas, ou tout au moins que la vérité n'était pas avouable. Andreas, qui était resté ces derniers jours en contact permanent avec les représentants de l'église catholique présents au séminaire de Chrissopigi, avait confirmé à Georgios que plus personne ne s'inquiétait de cette disparition, surtout depuis que le remplaçant du disparu était arrivé de Rome. Donc il était d'accord avec Georgios : l'enquête n'avait plus lieu d'être. Les deux amis avaient scellé leur accord en levant leurs verres d'ouzo à la gloire de la police judiciaire d'Athènes et en partageant quelques mézzés. En se séparant après quelques verres, Georgios avait fait tomber par inadvertance son verre par terre, « qui se brisa comme un éclat de rire », ne put-il s'empêcher de penser. Il avait décidé ensuite de redescendre à pieds jusqu'à son hôtel. En chemin, il était passé devant le studio de radio de Jean. Il l'avait aperçu en train d'interviewer leur ami Paul, certainement au sujet de l'exposition qu'il avait vernie la veille. Il ne fallait donc pas les déranger, même si Georgios aurait aimé savoir en quelle langue se déroulait l'interview. Et puis il était attendu à l'hôtel Petali.

Elle était là, sur la terrasse, toujours habillée de blanc et le regard perdu au fond de la mer. Georgios lui avait tendu le livre et lui avait dit qu'il allait bien. Elle avait serré le livre contre sa poitrine, avait fait un vaste sourire à Georgios, et s'était retournée face à la mer.

Georgios était parti tôt le lendemain matin. Il voulait prendre un petit déjeuner à Kamares en attendant le bateau. Son enquête était terminée et il ne voulait pas se laisser prendre par la mélancolie.

Maintenant, il est à bord de l'Agios Georgios. Il s'est installé à l'extérieur, à tribord, pour contempler la côte de Sifnos durant le court trajet jusqu'à Serifos.

Un jeune couple de sacs à dos est assis à même le sol. Chacun est plongé dans sa lecture. Georgios sourit en reconnaissant la couverture de l'édition de poche des deux romans. L'air est doux et la mer paisible.

Au coup de sirène du bateau signifiant sa sortie de la baie de Kamares, Georgios aperçoit au loin une goélette bleue qui vogue, toutes voiles dehors.

Daniel ARASSE – On n'y voit rien
Jacques ATTALI – La Confrérie des Eveillés
Simone de BEAUVOIR – Tous les hommes sont mortels
Mikhaïl BOGATYREV
Thomas COLE
Francisco COLOANE – Tierra del Fuego
Asher DURAND
Marguerite DURAS – Le Marin de Gibraltar
Dominique FERNANDEZ – La Course à l'Abîme
Romain GARY – Une page d'histoire et autres nouvelles
Günther GRASS – Le Tambour
HERGE – Le Secret de la Licorne
Nikos KAZANTZÀKIS – Le petit pauvre de Dieu
Rita MESTOKOSHO – Née de la pluie et de la terre
PÉTRARQUE – L'Ascension du Mont Ventoux
Michel PICCOLI & Nanni MORETTI – Habemus Papam
Nicolas POUSSIN
Anthony QUINN & Michael ANDERSON – Les Souliers de Saint Pierre
Nicolas de STAËL
Joseph VERNET
The WHO – Behind Blue Eyes – Won't Get Fooled Again